AF189921

PiT VOGT
SUE
FANTASY STORIES

Idee, Design & Layout: P i T

Alle Stories sind frei erfunden.

Impressum

Herstellung und Verlag:
BoD - Books on Demand GmbH, Norderstedt
ISBN: 978-3-7460-5633-3

INHALT

Das Ehepaar

Während meines Studiums hatte ich mich in einem kleinen Haus am Stadtrand eingemietet. Das Haus lag am Ende einer schmalen Straße und befand sich vor einem großen Waldstück. Es war ein idyllischer Ort, der nur leider ein bisschen weit von der Uni entfernt lag. Aber es war das preiswerteste Angebot, welches ich finden konnte. Allerdings war es auch die spannendste und unfassbarste Zeit meines Lebens, die ich dort verlebte. Das alte Ehepaar, Marga und Kurt, welches mir das kleine Zimmer vermietete, lebte sehr zurückgezogen in dieser abgelegenen Gegend. Sie erschienen mir ein bisschen wunderlich und trugen beide seltsame silberne Ketten mit großen bunten Steinen um den Hals. Die beiden waren nicht mehr sehr gut zu Fuß und weil sie sich wegen ihrer kleinen Rente nicht jedes Mal einen Boten leisten konnten, der ihnen die Einkäufe erledigte, erklärte ich mich bereit, ihnen die nötigsten Einkäufe in der Stadt zu erledigen. Dafür durfte ich sogar meinen Computer an deren Telefonanlage anschließen und jeden Tag eine Stunde im Internet surfen. Eines Tages fiel mir auf, dass mich der ziemlich unangenehme Sohn der Nachbarsfamilie argwöhnisch beobachtete. Immer, wenn ich von der Uni kam, passte er mich ab und gab zweifelhafte Kommentare von sich. Ich hatte ihm nichts getan, aber er schien mich aus irgendeinem Grunde zu hassen. Immer wieder hatte er meinen Wagen attackiert, in dem er die Reifen zerschnitt oder den ohnehin beschädigten Lack mit weiteren unschönen Kratzern verunstaltete. Obwohl ich ihn einmal dabei ertappte, ihn warnte, dass zu unterlassen, ließ er es nicht. Ich konnte mir einfach keinen Reim darauf machen, warum er das tat. Und weil dieser Typ einfach keine Ruhe gab, erzählte ich das den beiden Alten. Allerdings kam ich mir irgendwie schuldig dabei vor, denn ich wollte sie nicht mit meinen Schwierigkeiten belasten. Sie sollten keinen Ärger wegen mir bekommen. Doch Marga winkte ab. Sie meinte, dass sie schon Schlimmeres gehört hätte und ich mir keine Sorgen machen müsste. Außerdem ergänzte sie noch, dass es gut wäre, es ihr gesagt zu haben. Sie spendierten mir sogar vier neue Reifen, was mir besonders unangenehm war. Als ich am nächsten Tag wieder sehr spät von der Uni kam, vermisste ich den aufdringlichen Kerl. Auch an den darauffolgenden Tagen wurde ich nicht belästigt und mein Wagen wurde in Ruhe gelassen. Ich freute mich natürlich darüber. Dennoch stutzte ich, als eines Tages die Polizei vor dem Nachbargrundstück hielt. Kurt erzählte mir mit einem merkwürdigen Unterton, dass der Nachbarssohn verschwunden sei. Seit Tagen wäre er vermisst und man könnte sich keinen Reim darauf machen, wo er sei. Man hatte lediglich eine Blutlache im Keller des Anwesens finden können. Mir lief ein eiskalter Schauer über den Rücken und ich wusste nicht so genau, ob ich weiter in dieser verlassenen Gegend bleiben wollte. Vielleicht sollte ich mir doch eine teurere Bleibe in der Stadt suchen? Marga jedoch wollte davon nichts wissen. Mit einer seltsamen Gelassenheit tat sie die ganze Angelegenheit ab. Vielmehr meinte sie, dass die Nachbarn ohnehin nicht sehr freundlich seien und sie immer aufpassen mussten, dass sie den Gartenzaun nicht demolierten.

Immerhin sei das schon einige Male geschehen. Weil die beiden so lax mit dieser Sache umgingen, machte auch ich mir keinerlei Gedanken mehr um das Verschwinden des Nachbarssohnes. Trotzdem bemerkte ich, dass die Nachbarn von Tag zu Tag immer aggressiver wurden. Sie beschimpften Kurt und Marga über den Gartenzaun und warfen diverse Gegenstände auf deren Grundstück. Eines Abends schien es Marga satt zu haben. Sie stand am Zaun und stritt sich lautstark mit der Nachbarin. Diese sparte nicht mit diversen Kraftausdrücken und Marga hatte ihre liebe Not, sich dagegen zur Wehr zu setzen. Was sie dann aber von sich gab, ließ mir keine Ruhe. Gerade wollte die Nachbarin zu einer neuerlichen Hasstirade ausholen, da brüllte Marga mit unerwartet rauer Stimme: „Halt den Mund! Oder Du wirst nie mehr etwas sagen können, das schwöre ich Dir!" Kaum hatte sie das der erschrockenen Nachbarin an den Kopf geworfen, wandte sie sich ab und verschwand im Haus. Ich hatte alles von meinem Zimmer, welches sich unterm Dach befand, beobachtet.

Die Nachbarin stand noch einige Zeit wild gestikulierend am Zaun, verschwand dann aber ebenfalls. In der darauffolgenden Nacht konnte ich vor Nervosität einfach nicht schlafen. Einerseits stand mir am nächsten Tag eine schwierige Klausur bevor und andererseits gingen mir Margas Worte nicht mehr aus dem Sinn. Was hatte sie nur damit gemeint: *Oder Du wirst nie mehr etwas sagen?* Gegen Mitternacht gelang es mir, endlich die Augen zu schließen und es sah so aus, als ob ich einschlafen könnte. Doch dieses Gefühl währte nicht sehr lange. Denn ich wurde von einem merkwürdigen Geheul aufgeweckt. Sofort fuhr ich hoch und schaltete die kleine Nachtischlampe ein. Das Fenster zum Hof stand offen und ich glaubte, dass dieses Geheul von dort kam. Ich stand auf und schaute durch die Gardine hinaus. Doch ich konnte einfach nichts erkennen. Ich schaltete das Licht wieder aus und erhoffte mir, auf diese Weise etwas mehr zu sehen. Aber da war nichts, nur ein außergewöhnlich großer Hund sprang in Richtung des Nachbargrundstückes über den Zaun. Ich tröstete mich damit, dass vielleicht dieser große Hund so laut geheult hatte. Am nächsten Morgen berichtete ich den beiden Alten von meiner nächtlichen Beobachtung. Die zwei wurden sehr schweigsam und warfen sich einen viel sagenden Blick zu. Doch dann waren sie so wie immer und Marga fragte mich lächelnd, ob ich ihnen wieder etwas aus der Stadt mitbringen könnte. Natürlich bejahte ich das und fuhr wenig später in die Uni. Dort hatte mich irgendjemand bei einem meiner Dozenten denunziert. Der Dozent, der mich ohnehin schon lange auf dem Kieker hatte, bestellte mich in sein Büro und befragte mich zu einer diversen schwarzen Nebenbeschäftigung. Ich wusste nicht, was er meinte und sagte ihm, dass ich nach der Uni lediglich für meine Wirtsleute Besorgungen in der Stadt erledigen würde. Doch der Dozent schien sich nicht beeindrucken zu lassen und fuhr mich unhöflich an, dass ich die Wahrheit sagen müsste, sonst würde er mich anzeigen. Ich wusste nicht, was dieser plötzliche Ausbruch bedeutete, konnte nur ahnen, dass mich irgendjemand loswerden wollte. Vermutlich war ich irgendjemand zu gut und sollte nun von der Uni gemobbt werden. Der Dozent gab mir eine Galgenfrist bis zum nächsten Tage. Sollte ich demnach bis dahin nichts von meiner angeblichen Schwarzarbeit gesagt haben, würde er mich sofort bei der Polizei anzeigen. Natürlich konnte ich ihm sagen was ich wollte, er war derart aufgehetzt, dass es sinnlos war, dem Ganzen etwas entgegen zu setzen. Etwas eingeschüchtert fuhr ich in meine Unterkunft zurück. Marga merkte sofort, dass irgendetwas mit mir nicht stimmte. Sie fragte mir regelrecht Löcher in den Bauch und schließlich berichtete ihr von meinem unschönen Erlebnis. Ich erzählte ihr von dem wütenden Dozenten, der mich augenscheinlich loswerden wollte oder sollte. Marga reagierte wieder mit dieser sonderbaren Gelassenheit. Sie verzog nicht einmal ihr Gesicht, als sie meinte, dass ich den morgigen Tag abwarten sollte. Es würde sich ganz sicher alles klären. Ich verstand überhaupt nicht, warum sie so ruhig bleiben konnte. Interessierte sie das vielleicht nicht? Aber warum hatte sie mich dann so interessiert danach gefragt? Vielleicht hätte ich es ihr doch nicht sagen sollen. Unter keinen Umständen wollte ich, dass sie sich Sorgen machte. Als ich am darauf folgenden Tag in die Uni kam, war die Aufregung groß. Der Dozent, welcher mir das Ultimatum gestellt hatte, war nicht erschienen. Schlimmer noch, man hatte seine Leiche im Garten seines Hauses gefunden. Demnach sei er von einem wilden Tier angefallen worden und derart zugerichtet worden, dass er die Attacke nicht überlebte. Mir war nicht wohl bei dem Gedanken, dass er mich möglicherweise schon vor seinem Tode bei der Polizei angezeigt hatte. Doch dem war nicht so. Dafür kam einer meiner Kommilitonen auf dem Gang der Uni auf mich zu und flüsterte mir ins Ohr, dass ich nicht so einfach davonkommen würde. Er würde trotz des Todes des Dozenten dafür Sorge tragen, dass ich wegen meiner angeblichen Schwarzarbeit doch noch zur Verantwortung gezogen würde. Ich verwahrte mich natürlich gegen diese erfundenen Anschuldigungen. Aber ich wusste auch, dass der Kommilitone aus einer angesehenen Bankerfamilie kam und ihm vermutlich mehr geglaubt werden könnte als mir. Und ich hatte wesentlich bessere Leistungen als er und das wurmte ihn mächtig. Vielleicht sollte ich einfach die Uni wechseln und somit dieser Gefahr aus dem Wege gehen.

11

Immerhin saß er am längeren Hebel. Als ich das am Nachmittag Marga erzählte, wunderte sie sich kein bisschen. Im Gegenteil, sie hatte bereits damit gerechnet. Seltsamerweise wusste sie sogar, um welchen Banker es sich bei dem Vater des Kommilitonen handelte. Es war genau der Banker, der ihnen erst kürzlich eine zweite Hypothek für ein neues Dach ihres Hauses verweigert hatte. Marga sah mich an und beruhigte mich mit den Worten: „Lass uns nur machen, sorge Dich nicht. Alles wird gut. Du darfst nur keine Angst vor diesem Schaumschläger haben, dann klappt's auch! Besinne Dich auf Dich und auf das, was Du kannst. Das reicht schon aus." Damit schien der Fall für sie erledigt. Am nächsten Morgen in der Uni lief ich geradewegs in die Arme der Kripo. „Auch das noch", murmelte ich vor mich hin. Hatte dieser Streber also ernst gemacht. Aber ich konnte nicht wissen, dass dieser Streber längst tot im Keller der Universität gefunden wurde. Auch er wurde von irgendeinem wilden Tier angegriffen. Doch was es für eines war, wusste keiner. Auch die Kripo tappte im Dunkeln. So langsam beschlich mich ein seltsamer Verdacht: Sollten etwa Kurt und Marga?

Ich verwarf diesen kühnen und vollkommen verrückten Gedanken sofort wieder. Die beiden Alten konnten unmöglich etwas mit den rätselhaften Todesfällen der letzten Tage zu tun haben. Aber wieso betraf es immer diejenigen, welche uns irgendwie Schaden zuführen wollten? Die Nachbarfamilie, der Dozent, der Kommilitone, alle waren auf rätselhafte Weise ums Leben gekommen. Und Kurt und Marga blieben jedes Mal, wenn ich ihnen davon berichtete, so seltsam kühl. Da konnte doch irgendetwas nicht stimmen. Aber vielleicht wollten sie sich auch nur nicht mit diesen schlimmen Dingen befassen. Vielleicht wollten sie einfach nur ihre Ruhe und in Frieden ihren Lebensabend genießen. Sicher machte ich mir völlig umsonst so viele Gedanken. Alles würde sich bald aufklären und ich hätte mir dann vollkommen zu Unrecht über das alte Ehepaar Gedanken gemacht. Die darauf folgende Nacht wurde zum Martyrium für mich. Ich hatte rasende Kopfschmerzen und mir war speiübel. Immer wieder stand ich auf und lief wie aufgezogen durch mein Zimmer. Schließlich hielt ich es nicht mehr aus und wollte nach unten, um einen Arzt anzurufen. Da bemerkte ich, wie schon einmal, wieder dieses merkwürdige Heulen. Diesmal musste es aus dem Keller des Hauses kommen. Vorsichtig schlich ich mich zur Kellertür, die sich in der Küche befand. Die Tür stand offen und ich vermutete, dass einer der beiden dort unten sein musste. Schritt für Schritt tapste ich die kalten steinernen Stufen nach unten. Jetzt war das Heulen so laut zu hören, dass es mir Angst machte. Sollte ich wirklich weitergehen? Was, wenn dort unten ein bissiger Hund lebte? Meine Angst war zwar riesig, doch die Neugierde war noch größer und so stieg ich weiter die schmale Kellertreppe hinab. Als ich unten ankam, glaubte ich, eine fürchterliche Halluzina-

13

tion zu erleiden. Das, was sich da vor meinen Augen abspielte, glich eher einem Horrorfilm als dem realen Leben. In dem halbdunklen Raum liefen zwei riesige schwarze Wölfe im Kreis herum. Sie waren so groß wie ein Kleinwagen und hatten Zähne wie Säbel in ihren riesigen Mäulern. So etwas Furchterregendes hatte ich wirklich noch nie gesehen. In der Mitte des Raumes lag der Kadaver einer Katze. Vermutlich war das die herrenlose Nachbarskatze, die sich die beiden Monster gefangen hatten. Sie schlichen um ihr Opfer herum und stürzten sich schließlich darauf. Schmatzend vertilgten sie das arme Tier in Sekundenschnelle. Ich hatte mich längst hinter einem dicken Balken versteckt und wagte kaum zu atmen. Eigentlich wollte ich sofort wieder umkehren und in mein Zimmer rennen, doch ich war wie gelähmt und konnte mich einfach nicht mehr rühren. Was für ein grausiges Schauspiel, welches sich da vor meinen Augen abspielte. Sollten am Ende diese beiden Monsterhunde…? Ich wagte nicht, weiter zu denken. Und ich wollte es mir auch nicht vorstellen. Ich bemerkte, dass ich meine Beine noch bewegen konnte und schlich mich rückwärts aus diesem Keller des Grauens. Vorsichtig schloss ich die Tür hinter mir und rannte so schnell ich konnte die Kellertreppe hinauf. In meinem Zimmer packte ich meine Sachen zusammen und wartete noch einige Minuten ab. Ich wollte sichergehen, dass keiner der Monster meine Flucht bemerkte. Als das

Heulen aufhörte, schlich ich mich aus dem Zimmer und verließ das Haus auf leisen Sohlen.

Es gelang mir tatsächlich, unbemerkt in meinen Wagen zu steigen und mit ausgeschalteten Scheinwerfern die Gegend zu verlassen. Lange irrte ich in der Stadt umher. Ich wusste nicht, wo ich unterkommen konnte. Todmüde hielt ich meinen Wagen an und schlief total erschöpft ein. Es war bereist hell, als ich erwachte. Vor meinem Wagen radelte ein Zeitungsjunge vorbei. Lautstark rief er etwas von einem Brand in einem Siedlungshaus. Noch ziemlich fertig und immer noch müde stieg ich aus und kaufte mir eine Zeitung. Auf der Titelseite stand in fetten Lettern: *Siedlungshaus abgebrannt!* Entsetzt erkannte ich, dass es das Haus der beiden Alten war, welches abgebrannt war. Offensichtlich musste in der Nacht, nachdem ich das Haus verlassen hatte, irgendetwas Schreckliches geschehen sein. Ich las weiter: *Nach der Explosion einer Gasleitung brannte das Siedlungshaus eines alten Ehepaares nieder. Die Leichen konnten nicht gefunden werden. Dafür aber die Knochen zweier riesiger, bisher noch völlig unbekannten Raubtiere. Vermutlich handelte es sich dabei um eine als ausgestorben geltende Wolfsrasse.* Ich konnte nicht glauben, was ich da las. Es klang wie eine Gruselgeschichte. Sollten tatsächlich die beiden Alten … niemals … das konnte unmöglich sein! Doch die Fotos in der Zeitung sprachen ihre eigene Sprache und schockierten mich zutiefst. Besonders eines, welches das Ausmaß der Zerstörung darstellte. Neben den verkohlten

Knochen in der Asche des Hauses lag etwas, dass mich erschaudern ließ. Es waren die beiden silbernen Ketten mit den großen bunten Steinen daran ...

Die Gedenktafel

Sarah liebte den Reitsport über alles. An dutzenden Turnieren hatte sie bereits teilgenommen und etliche Pokale gewonnen. Sie war eine Meisterin und die Leute ihrer Stadt waren sehr stolz auf sie. Sarah liebte ihr Rennpferd so sehr, dass sie in ihrem Testament festlegte, es sollte in ihrem Todesfall niemals an Fremde verkauft werden und nach seinem Tod neben ihr auf dem Friedhof beerdigt werden. Und es war seltsam, kurz nachdem sie dieses Testament beim Notar hinterlegte, verunglückte sie bei einem Turnier so schwer, dass sie an den komplizierten Verletzungen verstarb. Die Leute in der Stadt waren bestürzt und konnten es einfach nicht fassen. Es war eine mitreißende Beerdigung und sie bekam von ihrer Schwester Irene, die als einzige Angehörige noch lebte, einen großen naturbelassenen Stein auf dem Friedhof gesetzt. Doch Irene hatte noch ein wenig mehr vor. Sie wollte für Sarah eine Gedenktafel in die Mauer der Rennbahnanlage einsetzen lassen. So viele ihrer Fans und Anhänger wollte es und unterschrieben deswegen eine Petition, welche dem Eigentümer der Reitbahn übergeben werden sollte. Irgendwann ging Irene zu Arnold Hiller, dem Eigentümer der Rennbahn, um ihm diese Petition zu übergeben. Doch Hiller schien nicht sonderlich erfreut von diesem Vorschlag, eine Gedenktafel in die Mauer rund um seine Anlage einsetzen zu lassen. Im Gegenteil, er verwies Irene auf dutzende von

Bestimmungen, die es angeblich nicht zuließen, dass so etwas getan werden konnte. Als er auch noch mit diversen Gesetzen kam, wurde Irene wütend und verließ aufgebracht Hillers Anwesen. Sie wusste nicht, was sie tun sollte und wollte sich Rat bei ihren Freundinnen holen. Doch die zuckten nur ratlos mit den Schultern und konnten ihr nicht weiterhelfen. Eine riet ihr sogar, sich einfach damit abzufinden. Vielleicht wäre das besser so und würde ihr viel Ärger ersparen. Aber Irene war nicht so gestrickt, klein beizugeben. Sie war wie Sarah eine Kämpfernatur und hatte in ihrem Leben schon eine Menge durchgeboxt. Doch in diesem Falle schien auch sie machtlos zu sein. Als sie nach ihrem erfolglosen Besuch bei Hiller nach Hause kam, streichelte sie Sarahs Pferd, welches sie auf ihrem Hof in einer Box pflegte und legte sich ins Stroh. Weinend und schluchzend berichtete sie dem Pferd, was sie soeben erlebt hatte. Sie konnte sich einfach nicht mehr beruhigen und schaute dem Pferd in die dunklen Augen. Und irgendwie schien es ihr, als ob das Pferd ihre Worte verstand. Es scharrte mit den Hufen und nickte immerfort mit seinem Kopf. Dabei prustete es laut und warf seine Mähne in schnellem Wechsel hin und her. Irene schien es, als sei das Pferd wütend, ja sogar aufgebracht. Aber sie konnte es dennoch nicht ändern. Und es tat ihr so unendlich leid. Sarah würde wohl irgendwann in Vergessenheit geraten, wenn sie nicht einmal in der Lage war, eine lächerliche Gedenktafel an dem Ort ihres Erfolges anzubringen. Sie fühlte sich schlecht und gemein. Und sie fühlte sich irgendwie schuldig. Aber sie war wohl zu müde, um sich an diesem Abend noch länger Gedanken zu machen. Total erschöpft und traurig schlief sie schließlich in der Box ein. Hiller hingegen schien es blendend zu gehen. An diesem Abend gab er eine Party. Seine zweifelhaften Freunde, die sich von einer Fete zur anderen soffen, waren zahlreich erschienen und ließen sich von ihrem Gastgeber fürstlich bewirten. Als die Party so gegen Mitternacht langsam zu Ende ging, wollte auch Hiller todmüde ins Bett fallen. Doch er hatte wohl einen zu viel in der Krone und torkelte, statt ins Bett zu gehen, durch seinen verlassenen Garten. Auf einem der Tische entdeckte er noch eine halbvolle Champagnerflasche und setzte sich, um sich diesen letzten Schluck zu genehmigen. Als er sich das Glas füllte, vernahm er plötzlich ein seltsames Geräusch aus dem angrenzenden Gebüsch. Er glaubte, einer der Gäste hätte den Ausgang nicht gefunden und stand auf, um nachzuschauen. Doch im Gebüsch war keineswegs ein verirrter Gast. Mit einem heftigen Satz sprang ihm ein Pferd entgegen: Sarahs Pferd! Hiller erkannte es sofort! Erschrocken versteckte er sich hinter einem dicken Baumstamm und wusste nicht so recht, ob er träumte oder ob das, was er da sah, wirklich real war. Das Pferd bäumte sich auf und schlug mit seinen Vorderhufen heftig gegen den Baum. Hiller bekam Panik und rannte los.

Vielleicht erreichte er ja das Haus, bevor dieses wild gewordene Pferd ihn eingeholt hatte. Doch plötzlich stand das Pferd wie ein Geist genau vor ihm. Er wandte sich ab und wollte in entgegen gesetzter Richtung davonrennen. Doch es war umsonst, denn wieder stand das Pferd vor ihm und bäumte sich bedrohlich auf. Hiller wusste nicht mehr, was er tun sollte. Wimmernd fiel er auf die Knie und rief schuldbewusst: „Ja, ich weiß, warum Du hier bist! Aber ich kann keine Gedenktafel anbringen lassen. Die Gesetze." Weiter kam er nicht. Das Pferd machte einen riesigen Satz und sprang über Hillers Kopf hinweg. Dann versetzte es Hiller einen deftigen Stoß mit seiner Schnauze, sodass dieser in hohem Bogen ins Gebüsch fiel. Als er wieder zu sich kam, stand das Pferd schon wieder laut wiehernd vor ihm. Hiller flehte das Pferd an, ihm nichts zu tun. Er würde alles tun, was möglich war, um diese Gedenktafel an der Mauer anzubringen. Das Pferd machte noch einen Satz in Hillers Richtung, dann sprang es mit kraftvollen Sätzen davon und wieherte dabei derart seltsam, dass es sich anhörte, als ob es lachte. Hiller, der noch immer nicht fassen konnte, was da eben geschehen war, raffte sich auf und rannte so schnell er konnte ins Haus. Am folgenden Tag klingelte das Telefon schon sehr früh am Morgen bei Irene. Sie wunderte sich, denn sie wollte gerade in ihren kleinen Laden in der Stadt fahren. Am anderen Ende war Hiller. Er versicherte Irene, dass er eine Gedenktafel für Sarah organisiert habe, die noch

20

am gleichen Tage an der Mauer der Rennbahnanlage angebracht werden sollte. Irene konnte es nicht glauben, fragte Hiller, warum er seine Meinung so plötzlich geändert hatte. Doch dieser schwieg eine Sekunde und meinte dann verstört, dass er noch einmal darüber nachgedacht hätte und nun ebenfalls der Meinung war, Sarahs Erfolge entsprechend zu würdigen. Immerhin hätte sie ja der ganzen Stadt Ruhm und Ehre zukommen lassen. Recht schnell beendete Hiller das Telefonat und fragte zum Abschluss Irene, ob das Pferd noch in seiner Box ihres Hofes stünde. Irene wunderte sich sehr und versicherte ihm, dass das Pferd natürlich noch dort sei. Sie sagte, dass es ihm gut ginge und die Box die ganze Nacht über abgeschlossen war, sodass Sarahs geliebtes Pferd nicht weglaufen konnte …

Das alte Auto

Ted hatte nicht sehr viel Erfolg in seinem Leben. Schon als Kind erkrankte er derart schwer, dass ihn die Ärzte bereits aufgaben. Nur das beherzte Eingreifen seiner Eltern bewahrte Ted vor dem sicheren Tod, in dem sie ihn schnellstens in eine andere Klink brachten. Und so sollte es weitergehen. Die Schule schaffte er mit Müh und Not und als es um eine Berufsausbildung ging, wusste er nicht, was er lernen sollte. Nur ungern verdingte er sich in einem Restaurant und hasste jeden Tag, an welchem er sich von den dortigen Angestellten erniedrigen lassen musste. So gab er irgendwann diesen ungeliebten Job wieder auf. Es folgten lange Zeiten, in welcher ihn einfach keiner einstellen wollte. Und seine Vermittlerin auf dem Amt hatte nichts weiter zu tun, als ihn immerzu in irgendwelche Jobs zu vermitteln, die sonst niemand wollte. Man schickte ihn schließlich von einem sinnlosen Lehrgang zum anderen. Doch einen anständigen Job bekam er einfach nicht. Wegen all dieser furchtbaren Niederlagen in seinem Leben freute es ihn umso mehr, als ihm seine Mutter eines Tages ein kleines Auto schenkte. Damit konnte er wenigstens ein bisschen draußen herumfahren und Mutter meinte immer, dass ihm dieses kleine Auto vielleicht einmal Glück bringen würde. Doch die Jahre vergingen und das Auto war auch nicht mehr so neu wie einst. Mit der Zeit bekam es viele unansehnliche Stellen und etliche Dellen, die den

Wert des Wagens stark beeinträchtigten. Ted wusste nicht, welches Glück ihm dieser alte Wagen noch bringen sollte. Er schaute in die Listen, welche den aktuellen Wert des Fahrzeuges angaben. Und traurig musste er feststellen, dass es sich nicht einmal lohnte, den Wagen zu verkaufen. Er musste sich eingestehen, dass er wohl nie mehr Glück haben würde und bis ans Ende seiner Tage arm und bedürftig bleiben müsste. Immer mehr zog er sich in seine winzige Wohnung zurück und fand kaum noch Spaß, überhaupt noch heraus zu gehen. Er schämte sich, in das alte Auto einzusteigen und damit herumzufahren. Selbst seine Nachbarn machten sich schon über ihn lustig und hänselten ihn, weil er als einziger in seinem Hause noch ein solch altes verbeultes Auto fuhr. Es kam so weit, dass Ted die wichtigsten Dinge nur noch abends, wenn es schon dunkel war, erledigte und sich kaum noch aus dem Hause wagte. Und immer öfter dachte er darüber nach, endgültig aus dieser Gegend weg zu gehen. Seine Mutter hingegen versuchte ihn zu beruhigen. Sie meinte, dass sie es genau wüsste, dass auch für ihn einmal der große Tag käme. Er sollte nur Geduld haben. Dann würde alles gut werden. Außerdem sollte er nicht immer auf sein Auto schimpfen, sondern lieber stolz sein, überhaupt ein Auto zu besitzen. Denn obwohl es alt war, konnte er mit ihm noch sehr agil sein. Ted fiel es schwer, sich angesichts der harten Tatsachen, die sein Leben für ihn bereithielten, zu motivieren. Dennoch gab er nicht auf.

Zwar ging er noch immer nicht oft unter Menschen, doch er sah nicht mehr alles so schwarz, wie in der vergangenen Zeit. Er versuchte, wieder zu leben. Aber es gelang ihm einfach nicht so recht. Zu schwer wogen die vielen schlimmen Jahre und die unendlichen Enttäuschungen, die er mit den Menschen hatte. Oft weinte er und gab sich seinem Schicksal hin. Und wie er eines Abends mit seinem alten Auto vor seinem Hause parkte, kam ihm die Idee, über sein verkorkstes Leben zu schreiben. Nur, wie sollte er das anstellen. Wen interessierte schon der üble Lebensweg eines Mannes, der kein Geld hatte und mit einem alten verbeulten Auto abends durch die vergessenen Wege seiner Umgebung fuhr. Niemand würde sich für diese hoffnungslose Geschichte interessieren. Als er so hinter seinem Lenkrad saß, begann dieses plötzlich magisch zu leuchten. Es war nur ein kurzer Lichtschein, aber Ted bemerkte ihn und nahm sofort die Hände vom Lenkrad. Was konnte das nur gewesen sein? Irritiert schaute er unter das Armaturenbrett und befühlte das Lenkrad von allen Seiten. Doch da war nichts, was hätte leuchten können. Vielleicht hatte er sich nur geirrt, oder es war ein anderes Fahrzeug vorbeigefahren und dessen Lichtschein war auf das Lenkrad gefallen. Aber plötzlich begann das Lenkrad erneut in kurzen Abständen aufzuleuchten. Wenige Sekunden erstrahlte es in hellem Licht und Ted starrte es erschrocken an. Nein, er hatte sich nicht geirrt, das Lenkrad leuchtete tatsächlich. Was hatte das nur zu bedeuten? Er untersuchte das Fahrzeug, fand jedoch nichts, was auf das Leuchten des Lenkrades hinwies. Da ihn dieser merkwürdige Vorfall derart verwirrte, entschloss er sich, darüber zu schreiben. Er schrieb über sein altes Auto. Und es wurden wunderschöne, gefühlvolle Kurzgeschichten, die er nach einem Jahr harter Arbeit schließlich einem Verlag anbot. Der zeigte sich sehr interessiert und wollte seine Geschichten für ein geringes Entgelt tatsächlich verlegen. Ted konnte es beinahe nicht glauben. Er lieh sich das Geld von seiner Mutter, die zwar auch nicht viel besaß, aber etwas in sich spürte, was alles Geld der Welt aufwog, den Glauben an ihren Sohn. Der Tag der Veröffentlichung rückte immer näher und Ted verließen einmal mehr der Glaube und die Hoffnung an sich selbst. War er wirklich so gut? Taugten seine kleinen Geschichten, um sich in der riesigen bunten Welt der Literatur zu behaupten? Immerhin kannte ihn niemand, lediglich seine Geschichten konnten die Menschen überzeugen, oder eben auch nicht. Tagelang aß er kaum etwas und fühlte sich nicht sehr wohl. Doch seine Mutter machte ihm Mut. Sie wusste, dass er es schaffen würde. Und sie glaubte fest daran, dass sein erstes Buch ein Riesenerfolg werden würde. Seltsamer weise ließ sie sich nicht abbringen von der Überzeugung, dass ihn die Menschen das erste Mal in seinem Leben lieben würden. Sie sah es in ihren Träumen und als schließlich eine seltsame Gestalt mit großen weißen Flügeln an ihrem Schlafzimmerfenster vorüberflog und sie ein seltsamer warmer, angenehmer Hauch umfächelte, wusste sie es ganz genau. Teds Buch würde die Welt erobern! Als das Buch erschien, war Ted nur noch ein wandelndes Nervenbündel. Er wusste gar nicht, wie er sich fühlen sollte. Doch er hatte sich völlig umsonst so sehr geängstigt. Das Buch mit den Geschichten von seinem kleinen alten Auto wurde ein Bestseller und wurde millionenfach verkauft. Außerdem rissen sich die Fernseh- und Radiostationen um ihn. Jeder wollte diesen großen Autor, der solch liebevolle und hoffnungsvolle Geschichten schrieb, kennen lernen. Alle wollten ihn sehen und Ted konnte nicht fassen, welch Glück da plötzlich in seinem Herzen war. Nur seine Mutter wunderte sich nicht darüber. Denn sie hatte es immer gewusst. Dieses kleine alte Auto würde ihrem Sohn einmal Glück bringen. Sie hatte immer an ihn geglaubt und gewusst, dass auch er einmal glücklich sein würde. Ted konnte sich nun hunderte der tollsten Autos kaufen, doch er tat es nicht. Er ließ das alte Auto aufarbeiten und engelsweiß lackieren. Als er eines Abends in sein neu gestaltetes Auto stieg, die bequemen Polster spürte und sich an die alten schlimmen Zeiten erinnerte, die doch voller Liebe und Bescheidenheit waren, fiel sein Blick automatisch auf das Lenkrad. Doch was war das? An der Stelle, wo die Fahrzeughersteller für gewöhnlich ihr glänzendes Label platzierten, befand sich kein Label. Inmitten des Lenkrades

glänzte etwas völlig anderes. Vor Teds Augen
leuchtete das Bildnis eines kleinen Engels …

Sag mir, wo der Glücksstern ist
Sag, wann geht's mir wieder gut
Hab den Glücksstern so vermisst
Sag mir, wo mein Glücksstern ist
Ist er Wahrheit oder Trug

Sag mir, wo das Leben ist
Sag, wann geht die Trauer fort
Hab das Leben so vermisst
Sag mir, wo mein Leben ist
Ist's vielleicht am fernen Ort

Sag mir, wo die Träume sind
Ich lieg wach und träum nicht mehr
Wollt so träumen wie als Kind
Sag, wo meine Träume sind
Bring sie endlich wieder her

Sag mir, wo die Liebe ist
Sag, wann lieb ich tief und heiß
Hab die Liebe so vermisst
Spür, wie du mich plötzlich küsst
Und du sagst, dass ich es weiß

Zwischenfall

Immer interessierte ich mich für spannende Menschen. Die vielen unglaublichen Charaktere, diese unterschiedlichen Menschen, die oftmals im Verborgenen lebten und nicht erkannt werden wollten, interessierten mich. Und ich hatte wirklich das große Glück, so manch´ außergewöhnliche Menschen kennenzulernen und zu sprechen. An einem vollkommen unspektakulären Tag, als ich mit der U-Bahn zu einem ebenso uninteressanten Termin fuhr, war es wieder einmal so weit. Es war noch früh am Morgen und ich hatte alles andere vor als mich auf Leute zu konzentrieren, die sich in hektischer Gelassenheit durch die U-Bahnschächte zwängten, nur um so schnell als möglich ihren Zielen entgegen zu lechzen. Ich ergatterte an diesem Morgen sogar einen Sitzplatz. Noch einmal schaute ich meine Liste mit den Fragepunkten durch, die ich meinem Gesprächspartner in einem Institut stellen wollte. Mir gegenüber saß ein komischer Zeitgenosse. Er war so merkwürdig gekleidet. Und als ich meine Unterlagen wieder in die Tasche packte, beobachtete ich ihn eine Weile. Der seltsame Mann schien so um die Dreißig zu sein. Mit seinen dunklen, altertümlichen und vollkommen unpassenden Klamotten schien er sich irgendwie verstecken zu wollen. Möglicherweise hatte er den abstrusen Gedanken, sich in dieser überfüllten U-Bahn hinter all den unzähligen Leuten verbergen zu können. Nur, warum?

Führte er irgendetwas Unerlaubtes im Schilde? Er schien es zu bemerken, dass ich ihn beobachtete. Auch er musterte mich nun und verzog plötzlich sein Gesicht. Dann sprach er mich an und fragte mich, warum ich ihn so musterte. Dabei redete er so ungewöhnlich leise, dass es mir beinahe Angst machte, diesen Typen vor mir zu haben. Irgendetwas schien merkwürdig an diesem Kerl, keine Ahnung, was es war. Jedenfalls antwortete ich ihm nicht direkt, sondern stellte eine Gegenfrage. Ich wollte von ihm wissen, warum er sich so merkwürdig gekleidet hatte. Doch er wich aus, es war ja nicht anders zu erwarten, und er munkelte etwas von einer wichtigen Sache, die er erledigen müsste. Die U-Bahn ruckelte plötzlich und das Licht flackerte. Ich war einige Sekunden unaufmerksam und als ich mich wieder diesem Fremden widmen wollte, war der verschwunden. Nur, wie konnte das sein – in dieser so überfüllten Bahn konnte er doch unmöglich …

Ich konnte es nicht glauben und versuchte, ihn zwischen all den Leuten irgendwo zu sehen. Doch ich fand ihn nicht mehr und gab es schließlich auf, weiter nach ihm zu sehen. Ich widmete mich wieder meinem Interview, welches in wenigen Minuten starten sollte. Ich durfte auf gar keinen Fall zu spät kommen. Doch es kam natürlich genau so, wie es nicht kommen durfte, die U-Bahn blieb plötzlich auf offener Strecke stehen. Das Licht flackerte noch ein bisschen und dann wurde es still. Die vielen Leute versuchten, sich irgendwie einen angenehmeren Standplatz zu sichern. Dabei wurde das ohnehin schon unerträgliche Gedränge noch unerträglicher. Außerdem wurde es immer wärmer und es schien, als würde die Atemluft knapp. Mein Sitzplatz wurde zur unbequemsten Falle, die ich mir denken konnte. Ich kam weder von dort weg noch konnte ich mich durch die Scheibe, im Falle, es würde eine Notsituation eintreten, fliehen. Alle Wege waren versperrt. Plötzlich sah ich das Gesicht des fremden Mannes, der vorhin noch vor mir gesessen hatte. Doch es war nicht im Wagen, es schwebte vor der Fensterscheibe. Ich erschrak mich fürchterlich, doch ich bemerkte auch, dass es keinem der übrigen Fahrgäste aufgefallen war. Wie konnte das nur sein? Es war doch gut sichtbar? Oder doch nicht? Der Fremde gab mir irgendwelche Zeichen und ich gab mir Mühe, diese zu verstehen. Doch so sehr ich mich auch anstrengte, es gelang mir nicht. Und so zuckte ich eben hilflos mit den Schultern. Der Fremde wies mit seinen Händen immerzu nach vorn. Ich vermutete, dass vielleicht vor der Bahn irgendein Hindernis wäre, und sie deswegen nicht weiterfahren konnte. Die übrigen Fahrgäste bemerkten meine Gestikulation nicht, denn sie hatten genug mit sich selbst zu tun. Das kam mir zu passe-ungehindert unterhielt ich mich mit dem Fremden vor der Scheibe per Handzeichen und fühlte mich wie ein Gehörloser. Und ich staunte, dass ich diese vermeintliche, von mir erfundene Gebärdensprache so gut beherrschte. Wenn man etwas verstehen will oder auch muss, versteht man es eben auch. Der Fremde verschwand jedoch so schnell wie er erschienen war und ich wusste nicht, was ich nun tun sollte. Plötzlich geschah etwas Seltsames: die Türen der Bahn öffneten sich, und zunächst zögerten die Leute noch, auszusteigen. Doch die Enge wurde derart unerträglich, dass einer nach dem anderen auf das Schotterbett im Tunnel sprangen. Zwar war es stockdunkel dort draußen, doch das Licht, das aus den Bahnwaggons fiel, genügte, um das Stück des Tunnels wenigstens ein wenig auszuleuchten. Und so standen wir alle gut verteilt im Tunnel und mein Termin verfloss, ohne dass ich es ändern konnte. Ich konnte nicht einmal anrufen, denn es gab keinen Handyempfang. So schien es etlichen Mitreisenden zu gehen, denn das allgemeine Schimpfen ließ darauf schließen. Natürlich wollte jeder wissen, was los war.

Denn nichts war schlimmer, als diese Ungewissheit und die Unkenntnis darüber, was geschehen sein konnte. Und plötzlich stand der Fremde vor mir und lächelte mich an. Ich konnte seine vermeintliche Freude wirklich nicht verstehen, denn es gab keinen Grund zum Lächeln oder zum Fröhlichsein. Immerhin hatte ich soeben den Termin meines Lebens verpasst und brauchte wohl niemals wieder in meine Redaktion zurückfahren. Doch der Fremde sagte mit der mir schon bekannten leisen Stimme, dass alles seine Ordnung habe und alle gerettet seien. Wie recht er zu haben schien, bewies ein dubioser Vorfall, welcher sich kurz danach ereignete. Auf den Gleisen vor der Bahn erschienen einige Leute. Sie sahen furchtbar entstellt aus und ihre Kleider hingen ihnen in Fetzen am Leibe. Ihre Gesichter waren blutverschmiert und mit seltsamen schwarzen Beulen behaftet. Sie kamen immer näher heran und wir standen zitternd und schweigend an den Tunnelwänden. So etwas hatte wohl keiner je gesehen. Auch der Fremde schien beunruhigt. Wer waren all diese grausig zugerichteten Leute? Wo kamen sie nur her? Kurz vor der Bahn blieben sie stehen, denn plötzlich begann die Luft zwischen der Bahn und dieser monsterähnlichen Menschengruppe zu leuchten. Dieses Licht wurde immer heller und der Fremde, der neben mir stand, ging geradewegs auf diese Lichterscheinung zu. Die fremde Menschengruppe wollte noch etwas tun, doch sie schienen zu schwach, um sich gegen diese Lichtwand zu wehren. Einige schlugen mit den Händen auf die Lichtwand ein, doch die aus der Lichtwand zuckenden Blitze drängten sie wieder zurück. Als sie bemerkten, dass sie nicht durch die Wand dringen konnten, zogen sie sich wieder in die Dunkelheit der Tunnelröhre zurück. Ich fragte mich so langsam, was für ein Horrorszenario hier ablief. Doch ich konnte es mir nicht erklären und so langsam richteten sich die Leute darauf ein, wohl etwas länger in diesem U-Bahnschacht campieren zu müssen. Von irgendwoher zog es ganz entsetzlich. Es wurde derart unerträglich, dass ich mir meine Jacke über die Ohren zog. Wieder erschien dieser Fremde und sagte, dass alles gut würde. Die Rettungsmannschaften seinen bereits unterwegs. Und es schien, als wären seine Worte erhört worden. Aus der Ferne drangen Worte und plötzlich kamen sie, die Leute, die uns alle retten sollten. Sie waren mit merkwürdigen Kombinationen bekleidet, trugen überdies einen gläsernen Helm, sodass sie wie Astronauten aussahen. Sie baten uns, zurück in die Bahn zu steigen. Dann erschien ein Triebwagen, der uns zu einer U-Bahnstation, die wir bereits durchquert hatten zurückzog. Dort wurde es wieder etwas angenehmer und auch etwas heller. Jedoch standen überall diese merkwürdig gekleideten Menschen herum. Außerdem war die Station mit dutzenden Polizeikräften abgesperrt. Später erfuhr ich, dass es zu einer Virenkatastrophe gekommen war. Irgendjemand hatte wohl einen Anschlag geplant und auch teilweise ausgeführt. So war es ihm gelungen, einen Pesterreger im U-Bahnschacht auszusetzen. Die Bahn zuvor hatte es wohl erwischt. Wir hingegen wurden verschont. Allerdings wunderte man sich, dass unsere U-Bahn in der Tunnelröhre stecken geblieben war, was unser Leben rettete. Als die Leute, die mir in der Bahn fuhren, von dieser vermeintlichen Lichtwand erzählten, glaubte man ihnen nicht. Ich ersparte mir, nun auch noch das Erlebte zu berichten. Was zählte war nur, dass wir alle am Leben waren und uns irgendetwas vor dem sicheren Tode bewahrt hatte. Als ich Tage später erneut mit der U-Bahn zu einem Termin fuhr, entdeckte ich im Gedränge den rätselhaften Fremden. Er schaute zu mir und lächelte. Diesmal allerdings war er nicht so merkwürdig gekleidet. Sein ganzer Körper schien zu leuchten, doch die anderen konnten ihn vermutlich nicht sehen, denn keiner der Fahrgäste beachtete ihn. Und nun sah ich es genau: auf seinem Rücken leuchteten große weiße Flügel und ich wusste plötzlich, wer uns an jenem Morgen gerettet hatte.

Fische

Sally hatte sich mit seiner Frau Carolin an einem wunderschönen, malerisch gelegenen See in den Bergen niedergelassen. Die beiden waren Botaniker von Beruf und konnten dort wunderbar und effektiv ihren Forschungen nachgehen. Durch das Internet war es ihnen sogar möglich, von zu Hause aus zu arbeiten und die erzielten Forschungsergebnisse sofort an das Institut in der Stadt zu senden. Die Zeit verging und die beiden waren sehr glücklich am See. Eines Tages jedoch begann das Wasser des Sees ungewöhnlich stark anzusteigen. Der Wasserspiegel hatte bereits den Bootssteg überflutet und Sally wusste nicht, wie er diesem merkwürdigen Phänomen Herr werden könnte. Als er dies im Institut vorbrachte, wies man ihn auf die Klimaerwärmung hin, die vermutlich einige in den Bergen gelegene Gletscher langsam zum Schmelzen brachte. Sally blieb nichts anderes übrig, als sich damit abzufinden. Und als das Wasser bereits den wunderschönen Garten erreichte, den Carolin mit so viel Liebe angelegt hatte, mussten sich die beiden wohl oder mit dem Gedanken beschäftigen, aus dieser herrlichen Gegend weg zu gehen. Über diesen Entschluss wollte Sally zunächst mit dem Institutsleiter sprechen. Vielleicht gab es ja doch noch eine andere Lösung. Doch im Institut zeigte man sich nicht sehr optimistisch und man bot Sally zunächst eine Wohnung in der Stadt an. Diese war zwar ziemlich teuer, doch es musste wohl sein. Auf der Heimfahrt erreichte Sally ein merkwürdiger Anruf. Am Telefon war seine Frau und schien sehr aufgeregt zu sein. Sie redete hastig und nervös und das Telefonat wurde immer wieder durch lautes Knacken in der Leitung unterbrochen. Sally verstand nur so viel, wie: „Das Wasser kommt. Eine Flutwelle rast von den Bergen auf den See zu. Du musst unbedingt kommen!" Dann brach die Verbindung ab. Sally, der nicht glauben konnte, was er da hörte, gab Gas und war schon nach einer Stunde am See. Was er dort allerdings zu sehen bekam, jagte ihm einen ungeheuren Schrecken ein. Das Erdgeschoss des Hauses stand bereits unter Wasser. Und das Wetter verschlechterte sich mehr und mehr. Es goss in Strömen und die Wogen des Sees schlugen bedrohlich an die Hauswände. Glücklicherweise hatte er das Fahrzeug an einem höher gelegenen Waldstück, welches sie vor dem See befand, abstellen können. Von dort aus führte ein schmaler Pfad zum Haus. Doch auch dieser war schon überschwemmt. Carolin hatte ein kleines Ruderboot, welches in der Garage lag, mit den nötigsten Dingen bepackt. Doch allein konnte sie es unmöglich zum Wald bringen. Sally, der bis zum Haus geschwommen war, half ihr beim Rudern und gemeinsam schafften sie es gerade noch rechtzeitig bis zum Fahrzeug. In Windeseile luden sie die Taschen und die wenigen Gegenstände, die Carolin zusammen gepackt hatte in den Jeep. Da donnerte und grollte es auch schon bedrohlich aus Richtung der Ber-

ge. Das Grollen wurde immer lauter und mündete in ein unerträgliches Plätschern. Es rauschte und krachte und den beiden wurde es bereits angst und bange. Noch einmal schauten sie zu ihrem, langsam in den Fluten untergehenden Häuschen und hatten Tränen in den Augen. Als sie gerade abfahren wollten, bemerkte Sally im Rückspiegel etwas sehr Seltsames. Im aufgewühlten Wasser sprangen plötzlich dutzende großer Fische empor und fielen wieder in die Fluten zurück. Immer mehr dieser merkwürdigen Fische sprangen in den Fluten umher. Schließlich war über dem See eine riesige dunkle Wolke von Fischen, die munter und agil auf und nieder sprangen. Gleichzeitig donnerte eine Woge aus dem kleinen Flüsschen, welches aus den Bergen kam und den See ständig mit Wasser versorgte, heran. Vom Wagen aus konnten die beiden beobachten, welches Schauspiel sich dort unten am See abspielte. Und sie konnten es einfach nicht glauben, was dann geschah. Die Fische bildeten plötzlich eine Art Barriere. Es mussten Millionen dieser seltsamen Tiere sein, die gleichzeitig aus dem See in die Luft sprangen, just in jenem Moment, als die riesige Woge drohte, in den See zu donnern. Sie prallte gegen die immer zahlreicher nach oben springenden Fische und konnte auf diese Weise nicht in den See fließen.
Sie wurde abgelenkt und rauschte mit lautem Getose in das hinter dem See befindliche unbewohnte Tal. Als sich die Lage beruhigt hatte, verschwanden die Fische wieder und das Wasser

floss langsam ab. Schließlich konnten Carolin und Sally sogar mit dem Wagen bis zum Hause fahren. Denn die Fische hatten noch etwas getan. Mit ihren kraftvollen Bewegungen hatten sie eine Schneise in den Damm, der eigentlich das tiefer gelegene Tal schützen sollte, geschlagen. Alles Wasser, was zu viel im See war, floss nun dorthin ab. Aber auch das Tal wurde nicht überschwemmt. Denn unten im Tal floss ein schmales Flüsschen, der die ankommenden Wassermassen in sich aufnehmen konnte. Nur am Ufer des Flusses wurden einige Pflanzen und Bäume überschwemmt. Sonst passierte nichts. Die beiden Einsiedler konnten ihr Glück kaum fassen. Dass ihnen ausgerechnet Fische ihr Hab und Gut retteten, konnten sie nicht glauben. Aber sie wussten, was sie gesehen hatten. Und voller Glück und Erleichterung räumten sie das Auto wieder aus. Als das Haus wieder trocken war, renovierten sie es liebevoll und legten gleich noch einen höher gelegenen Pfad, der vom Haus zum Waldstück führte an. „Für alle Fälle", meinte Sally. Tage später fuhren die beiden wieder zum Institut in die Stadt und wussten nicht so genau, wie sie von den sonderbaren Erlebnissen am See berichten sollten. Sie entschlossen sich, nichts zu erwähnen, fragten nur nach, welche Fischart sich im See eigentlich angesiedelt hätte. Der Institutsleiter lachte laut und warf den beiden einen abschätzigen Blick zu. Dann sagte er: „In diesem See hat es noch nie Fische gegeben. Das Wasser, das aus den Bergen kommt, ist viel zu kalt. Außerdem gibt es im See Abschnitte, wo eine für Fische sehr giftige Alge lebt, die sich mehr und mehr ausbreitet."

Schneemenschen

Connie war Bergsteiger aus Leidenschaft. Er hatte bereits die höchsten Berggipfel in Europa erklommen. Einen Berg aber hatte er immer gemieden, den Mount Everest. Den höchsten Gipfel des Himalayas mit seinen etwa 8850 Metern hatte er sich bis zum Schluss aufgehoben. Doch diesmal spürte er es ganz deutlich, er musste unbedingt dort hinauf! Und er hatte sich monatelang darauf vorbereitet. Die umfangreiche Ausrüstung war komplett und zusammen mit seinem Freund Andy wollte er es nun endlich wagen. Selbst diverse Sauerstoffgeräte hatten sie sich besorgt. Es war dieses Gefühl, den Urgewalten der Natur ausgeliefert zu sein, allem Unbill des Wetters zu trotzen und sich Zentimeter um Zentimeter nach oben zu kämpfen, welches die beiden antrieb. Und es war diese unbeschreibliche Spannung, dieser unerklärliche Drang, dort hinauf zu müssen, welchen sie ständig, in jeder Sekunde in sich fühlten. Dieser Berg schien magisch zu sein. Und doch starben so viele dort oben in dieser eiskalten Einsamkeit. Allein die mörderische Kälte: 30, 40 Grad unter 0. Man konnte es nicht erklären, aber auch Connie und Andy wussten genau, dass sie allein gegen diesen Berg kaum eine Chance hatten. Doch sie wollten es wagen und am 27. Juli 1998 brachen sie schließlich auf. Es waren beschwerliche Wege, und immer wieder mussten sie in Zwischenlagern ausharren. Außerdem wurde ihnen bereits auf halbem Wege die Luft knapp. Merkwürdige körperliche Erscheinungen traten auf. Und am schlimmsten erwischte es Andy. Es schien, als ob er das Ganze nicht schaffen würde. Doch Connie, der regelrecht besessen war von diesem Berg trieb ihn an, baute ihn auf und gab ihm die nötige Kraft zum Weitermachen. Aber die fürchterlichen Höhenstürme und die beißende, zermürbende Kälte machten den beiden derart zu schaffen, dass ihnen die Kräfte beinahe versagten. Irrbilder und psychische Probleme verwandelten den Aufstieg zusätzlich in eine dramatische Tortur. Dass es so schwierig sein wurde, hatten sich die beiden zwar schon gedacht, aber die Realität sah doch vollkommen anders aus. Im letzten Lager, in ungefähr 8000 Metern Höhe glaubten sie, sie seien fast am Ziel. Wie falsch diese Entscheidung war, bekamen sie wenig später zu spüren. Sie hatten den Weg durch steile Schneehänge und den tiefen Schnee bisher recht gut überstanden, da geschah das Unfassbare! Die Sauerstoffgeräte hatten plötzlich rätselhafte Defekte und funktionierten nicht mehr. Was für ein Desaster, ohne diese Geräte hatten sie nie geprobt, wie man unter derartigen Anstrengungen noch überleben konnte. So erlitt zunächst Connie, dann Andy einen Schwächeanfall. Sie fielen in den meterhohen Schnee und waren zwischen den felsigen Klüften kaum noch zu sehen. Und sie schienen in dieser gottverlassenen eisigen Holle für immer verloren zu sein. Nur Andy hatte noch die Kraft, in diesem letzten

Moment um Hilfe zu rufen. Aber wer sollte ihn hören? Wer sollte jetzt noch zu Hilfe kommen? Zeit verging und Andy, der am längsten das Bewusstsein behielt, hatte wohl eine Halluzination. Wie in einem Wahn sah er große, weiß gekleidete Wesen auf sich zu kommen. Sie zogen merkwürdige, scheinbar schwebende Schlitten hinter sich her. Darauf legten sie zuerst Connie, dann ihn selbst. Immer wieder verständigten sich die merkwürdigen Wesen mit seltsamen Handzeichen und eigenartigen Lauten. Andy musste grinsen – waren das etwa Außerirdische, Aliens? Weiter konnte er nicht mehr denken, da wurde auch er bewusstlos. Es war so seltsam lau, als er seine Augen wieder öffnete. Um ihn herum war alles grün – befand er sich nun bei den Aliens? Außerdem duftete es so seltsam nach Gras und als er seinen Kopf ein wenig bewegte, entdeckte er Connie. Er lag wie auch Andy auf einer Pritsche, die mit Fellen bestückt war. Über ihnen entfaltete sich ein bräunlicher Himmel, nein, das musste eine Zeltplane sein! Außerdem waren sie nicht bekleidet, sondern lediglich mit dicken Fellen bedeckt. Nun wurde auch Connie wach. Er rekelte sich auf den Fellen und öffnete schließlich träge seine Augen. „Sind wir schon oben", fragte er irritiert und Andy musste laut lachen. Er klärte seinen Kameraden auf und beide wunderten sich darüber, dass sie offenbar aus ihrer misslichen Lage am Berg gerettet wurden. Da erschien ein fremder Mann im Zelt. Er war mit einer orangefarbenen Kombination bekleidet und fragte besorgt, wie es den beiden ging. Andy meinte, dass er sich ganz wohl fühlte und Connie nickte bestätigend. Dennoch fühlten sich die beiden noch sehr schwach. Auf die Frage, wer sie gerettet habe, antworte der Fremde, dass man sie auf einer Wiese am Fuße des Berges gefunden habe. Außerdem erklärte er, dass er einer Gruppe Geologen angehörte, die sich mit der Beschaffenheit des Wassers an dieser Stelle befassten. Dieses Zelt war eine der Unterkünfte der Forscher. Die beiden Bergsteiger wussten nicht, wie sie das deuten sollten. Sie konnten sich einfach nicht erklären, wer sie dort oben in dieser todbringenden Einöde, in diesem ewigen Eis, wo so schnell kein Mensch hinkam, gerettet haben sollte. Ohne Funkgerät und Helikopter wäre das doch vollkommen unmöglich. Auch der Forscher gab zu, dass ihm das komisch vorgekommen war. Aber er beschwichtigte die beiden sofort wieder. Er meinte, dass sie nicht so viele Fragen stellen sollten, sondern lieber froh sein müssten, dass sie noch lebten. Stunden später hatten sie sich schon recht gut erholt und sollten mit einem Helikopter des Forscherteams in ein Krankenhaus geflogen werden. Die beiden zogen sich ihre getrocknete und aufgewärmte Bekleidung über. Dabei fiel Andy ein Fotoapparat herunter. Er fand das seltsam. Denn er hatte das Gerät eigentlich gar nicht aus seinem Rucksack genommen. Vermutlich aber hatte er doch Fotos vom Berg und vom mühsamen Aufstieg geschossen. Er konnte sich nicht mehr daran erinnern. Neugierig geworden schaltete er das Gerät ein und betrachtete sich die Fotos. Allerdings, mehr als diese weiße ungastliche Unendlichkeit konnte man nicht erkennen. Nur eines der Bilder gab ihm zu Denken. Zwischen den weißen Dünen und den mit Schnee bedeckten Felsen der Bergketten glaubte er eine Person zu erkennen. Er bat den Forscher, sich die Bilder an einem Laptop anschauen zu dürfen. Dort könnte er alles genauer erkennen und die Fotos notfalls vergrößern. Gespannt saßen schließlich alle vor dem Monitor und schauten sich die Bilder an. Als Andy das Bild mit der vermeintlichen Person vergrößerte, traf die Anwesenden beinahe der Schlag, denn es war nicht einfach nur eine Person in weißer Kleidung. Es war ein großes menschenähnliches Wesen mit einem dichten weißen Fell, welches einen seltsamen, schwebenden Schlitten hinter sich herzog.

Der Schornsteinfeger

Simon wusste genau, dass nach der teuren Sanierung seiner Heizungsanlage nun auch noch der Schornsteinfeger kommen musste, um die Anlage abzunehmen. Doch am vereinbarten Tage kam er nicht und Simon machte sich schon Sorgen. Sollte er anrufen, nachfragen, ob er doch noch käme? Als er bei dem Schornsteinfeger anrief, meldete sich jedoch keiner. Da es bereits dunkel wurde, blieb Simon nur noch, bis zum nächsten Tage zu warten. Sollte der Schornsteinfeger dann nicht erscheinen, müsste er ihn persönlich aufsuchen. Denn bis zum Winter war es nicht mehr sehr weit und bereits jetzt zog ein eisiger Wind um die Häuser der kleinen Siedlung am Rande der Stadt. Als sich Simon am Abend in sein Bett legte, vernahm er ein seltsames Geräusch aus dem Keller. Außerdem roch es plötzlich im ganzen Haus entsetzlich nach Abgasen. Simon bekam es mit der Angst zu tun, glaubte schon, die neue Heizung wäre defekt. Er stand auf und zog sich etwas über. Dann griff er nach seiner kleinen Taschenlampe, die er für Notfälle immer neben seinem Bett deponiert hatte und begab sich in den Keller. Das Geräusch war dort am lautesten und Simon war sich sicher, dass es die neue Heizung sein musste, die solche merkwürdigen Geräusche von sich gab. Doch als er den Raum betrat, in welchem die Anlage stand, konnte er nichts Besorgniserregendes entdecken.

Aber Simon war sich sicher, dass dieses Geräusch aus diesem Raum kam. Plötzlich verdunkelte sich der Raum und pechschwarzer Qualm breitete sich in Sekundenschnelle überall aus. Simon wusste nicht, was das zu bedeuten hatte. Offenbar lag ein schwerwiegender Defekt vor. Aber diese Anlage war doch noch gar nicht in Betrieb. In dem beißenden Qualm konnte Simon kaum noch atmen. Doch so schnell, wie der Qualm kam, verschwand er auch schon wieder. Und anstelle des üblen Rauchs stand ein schwarz gekleideter Mann vor der Heizung. Simon konnte sich nicht erklären, woher der gekommen war. Außerdem sah der fremde Mann so seltsam fahl im Gesicht aus. Ging es dem Mann vielleicht nicht gut? Simon erkundigte sich zunächst bei dem Fremden, wie er in das Haus gekommen sei. Der fremde Mann, der zunächst regungslos im Raume stand, antwortete mit dünner Stimme: „Mein Name ist Müller. Ich bin der Schornsteinfeger. Ihre Heizung habe ich schon getestet. Sie ist in Ordnung." Simon wollte das natürlich schriftlich haben und der vermeintliche Schornsteinfeger versicherte ihm, dass er ihm die Unterlagen am nächsten Tag bringen könnte. Trotzdem Müller einen sehr zugänglichen Eindruck machte, fragte sich Simon ständig, wie er in das Haus gekommen war und wieso er seine Begutachtungen mitten in der Nacht durchführte. Er konfrontierte Müller mit seinen Fragen. Dieser wusste keine eindeutige Antwort und sagte nur, dass er einen Schlüssel erhalten habe. Außerdem hätte schon alles seine Richtigkeit, und da so manche Hausbesitzer ihrem Schornsteinfeger die Schlüssel des Hauses überließen, wusste Simon am Ende selbst nicht mehr, ob möglicherweise seine Frau, die sich zurzeit in einer Kur befand, Müller die Schlüssel gegeben hatte. Er fand sich damit ab und verabschiedete sich von Müller. Der schien es sehr eilig zu haben und lief schnellen Schrittes aus dem Hause. Am nächsten Tag musste Simon nicht lange warten. Schon recht früh am Morgen klingelte es an der Tür. Doch als Simon die Tür öffnen wollte, war da keiner davor. Stattdessen fand er einen großen Umschlag in seinem Briefkasten vor. Freudig überrascht stellte er fest, dass sich im Umschlag die erforderlichen Unterlagen des Schornsteinfegers befanden. Er konnte also ab sofort seine neue Heizung in Betrieb nehmen. Am Abend traf er sich mit einem Nachbar in einer kleinen Gaststube in der Siedlung. Die beiden hatten sich längere Zeit nicht gesehen und hatten sich nun eine Menge zu erzählen. Als Simon von dem merkwürdigen Schornsteinfeger Müller berichtete, wunderte sich sein Nachbar sehr darüber. Dem vollkommen überfahrenen Simon erzählte er schließlich, dass das überhaupt nicht sein könnte. Zufällig hatte er sogar einen Zeitungsartikel, den er vor Tagen ausgeschnitten hatte, dabei. Es handelte sich dabei um die Todesanzeige des betreffenden Schornsteinfegers. Demnach war Müller bereits vor zwei Wochen an einer schweren Krankheit verstorben.

Auch ein Foto hatten seine Angehörigen daruntergesetzt. Es handelte sich tatsächlich um den gleichen Mann, der nachts bei Simon im Keller erschienen war. Als Simon seinem Nachbarn die unterzeichneten Unterlagen des Schornsteinfegers vorlegte, wussten beide nicht mehr, was sie sagen sollten. Tage später ließ Simon die Unterlagen des Schornsteinfegers von einem Sachverständigen überprüfen. Der stellte fest, dass es sich um die Originalunterlagen des Schornsteinfegers Müller handelte. Sogar seine Unterschrift war echt.

Kellys Wunder

Kelly war vom Hals an gelähmt. Doch keineswegs war sie unglücklich oder gar traurig deswegen. Sie musste diese Krankheit schon seit ihrer Kindheit ertragen und hatte gelernt, damit umzugehen. Sie besaß einen PC, der mit Sprachsteuerung funktionierte und so saß sie von morgens bis nachts am Computer und chattete mit der ganzen Welt. Das machte ihr so großen Spaß, dass sie manchmal sogar das Essen vergaß. Jeden Tag kam ein Pfleger zu ihr. Er blieb dann bis abends und kümmerte sich wie ein Bruder um sie. Erst, wenn er sie ins Bett gebracht hatte, fuhr er wieder ab. So verging ein Tag nach dem anderen. Immer öfter jedoch sehnte sie sich nach einem Freund, der immer, auch nachts für sie da sein konnte. Sie brauchte jemanden, der mal mit ihr wegfuhr und etwas mit ihr unternahm. Doch jedes Mal, wenn sie im Internetchat von ihrer Behinderung schrieb, verabschiedeten sich die Chatpartner mit den kuriosesten Entschuldigungen. Kelly kannte das bereits und war gar nicht mehr traurig oder böse deswegen. Sie blickte in die Zukunft und wusste genau, dass genau dieser Mann einmal kommen würde. Bis zu jenem Abend, als es draußen regnete und ihr Pfleger gegangen war. Sie lag in ihrem Bett und musste plötzlich bitterlich weinen. Dicke Tränen rannen ihr übers Gesicht und in diesem Augenblick wünschte sie sich so sehr, dass jemand bei ihr wäre, der ihr die Tränen vom

Gesicht küsste. Doch sie wusste, dass das nicht passierte. Zumindest sah es nicht so aus, dass sie jemanden treffen würde. Längst war ihr Kopfkissen nass geweint, da schlief sie endlich ein. Zunächst versank sie in ihren allnächtlichen Vorstellungen, wie es wäre, wenn sie sich wie alle anderen Menschen bewegen könnte. Doch dann sah sie in der Ferne einen hellen Lichtpunkt. Sie wurde neugierig und es war ganz seltsam, sie wollte unbedingt zu diesem hellen Lichtpunkt. Und als ob dieses Licht von ihrem Wunsche erfuhr, kam es ihr entgegen. Es wurde immer größer und flirrte plötzlich vor ihrem erstaunten Gesicht. So etwas Wundervolles hatte sie noch niemals gesehen. In diesem Moment wusste sie, dass alles gut würde. Das Licht erschien ihr wie die Erfüllung eines Traumes. Und sie wollte nur noch eines, in dieses Licht hineintauchen! Sie streckte sich dem Licht entgegen. Doch das brauchte sie gar nicht. Das Licht vereinnahmte sie ganz und gar und sie fand sich in einer märchenhaften Welt wieder. Es war so hell, dass sich ihre Augen nur ganz allmählich an die Umgebung gewöhnten. Sie lag auf einer grünen Wiese zwischen dutzenden wunderschöner Blumen. Es duftete nach Rosen und nach Gras. Am Himmel war kein Wölkchen zu sehen. Am Rand der großen Wiese standen große starke Bäume. Und dazwischen entdeckte sie eine traumhaft schöne weiße Villa mit großen Säulen davor und einer Marmortreppe, die zum Eingang führte. So gern wollte sie in dieses herrschaftliche Haus, doch sie konnte ja nicht, doch halt, was war das, hatte sie sich nicht soeben bewegt? Aber das konnte doch gar nicht, oder? Tatsächlich, sie konnte sich bewegen! Mehr noch, sie konnte sogar aufstehen. Und da begriff sie es, sie war nicht mehr behindert. Mutig erhob sie sich und stand schließlich aufrecht auf der Wiese. Ja, sie hatte es aus eigener Kraft geschafft. Mehrmals kniff sie sich in die Beine, in den Körper, in die Arme – ja, sie fühlte es! Sie spürte jeden einzelnen Kniff. So gern hatte sie noch niemals „Aua" gerufen. Was für ein Gefühl, was für ein Leben, das da plötzlich in ihr steckte. Das musste ein Wunder sein, kein Zweifel! So etwas gab es in Wirklichkeit nicht. Sie stand auf einer Wiese und lief plötzlich los. Sie lief und lief, vorsichtig noch, aber zielsicher, geradewegs auf die weiße Villa zu. Als sie genau vor der breiten weißen Marmortreppe stand, atmete sie tief ein. Sie wollte diesen Augenblick, diesen famosen Moment des Glücks tief in sich einsaugen. Davon hatte sie doch immer geträumt. Endlich einmal leben, genießen. Sie betrat die erste Stufe und fühlte sich dabei so unendlich stark. Nein, so stark hatte sie sich noch niemals in ihrem Leben gefühlt. Jede einzelne Stufe genoss sei, erlebte sie, als sei es ein Tausendmeterlauf. Und sie stieg die Stufen empor, als würde sie in den Olymp aller Träume aufsteigen. Stolz und hoch erhobenen Hauptes setzte sie einen Fuß vor den anderen. Und es gelang. Noch immer konnte sie ihr Glück nicht fassen. Nun stand sie oben. Und sie blickte zurück. Unter sich erstreckte sich diese unendliche saftig grüne Wiese. Was für ein Anblick. Was für ein Genuss. Das sollte niemals mehr vergehen. Vor sich sah sie eine gläserne Tür. Sie war nur angelehnt und sie trat ein. Wie märchenhaft es doch dort drinnen aussah. Überall in dem riesig erscheinenden Raum standen helle Stilmöbel. Sie funkelten wie der weiße Marmorfußboden im hereinfallenden Sonnenlicht. So etwas Wunderschönes hatte sie wohl noch nie zu Gesicht bekommen. Ein lauer Wind umfächelte ihre Nase und wie aus dem Nichts stand da ein junger Mann in einem weißen Anzug. Seine langen goldenen Haare wehten in diesem lauen Sommerwind und es schien ihr, als schwebte der Mann vor ihren Augen im Raum. Lange schaute sie ihn an. Dann sagte sie leise: „Wo bin ich? Ist das alles wahr, was ich hier sehe? Und ich kann mich bewegen. Wie kann das nur sein?"

Der junge Mann lächelte sie an. Schließlich sagte er leise, und seine Worten hallten wie durch einen riesigen Saal: „Nein, Du träumst nicht. Es ist alles wahr, was Du erlebst. Du bist hier irgendwo. Freu Dich daran, denn das ist die Welt. Deine Welt. Sie ist wunderschön. Die Wiese, die Sonne, der Tag, alles ist heute nur für Dich. Wenn Du einen Wunsch hast, dann sage ihn jetzt. Er wird wahr werden."

Mit diesen Worten verschwand der junge Mann in einem weißen, schnell entschwindenden Nebel. Und Kelly brauchte eine kleine Weile, um sich wieder zu fangen. Dann sagte sie mit weinerlicher Stimme: „Hier ist es so wunderschön. Hier würde ich für immer bleiben. Aber ich wünsche mir, dass ich mich für immer so bewegen kann, wie jetzt. Mehr Wünsche habe ich nicht, eben nur diesen einen." Und die Stimme des jungen Mannes antwortete ihr und rief: „So soll es geschehen. Alles wird gut. Du musst nur ganz fest daran glauben." Es wurde wieder still und der laue Wind fächelte wieder die würzige frische Luft um Kellys Nase. Ach, könnte das doch alles für immer so sein, so dachte sie sich. Doch es schien, als würde sie etwas zurück auf die Wiese ziehen wollen. Sie wollte es erst gar nicht, doch dann sah sie einen beweglichen Punkt auf der Wiese. Dorthin sollte sie nun gehen. Sie lief die Marmortreppe hinab und lief über diese wunderschöne Wiese geradewegs zu diesem merkwürdigen Punkt hin. Dann verschwand das Licht, in welchem sie eben noch stand und entfernte sich mehr und mehr und immer schneller vor ihr. Sie war in den beweglichen Punkt eingetaucht und alsbald wurde es dunkel um sie herum. Als sie ihre Augen öffnete, sah sie eine Lampe über sich. Und ganz langsam kehrte sie in die Wirklichkeit zurück. Es war ein neuer Tag angebrochen und durch das geöffnete Schlafzimmerfenster drangen laute Kinderstimmen. Sie vermischten sich plötzlich mit dem Klappern eines Schlüsselbundes. Und ihr fiel ein, dass ihr Pfleger gleich erscheinen musste. So war es dann auch. Aber was war das – irgendetwas krabbelte auf ihrem Körper. Was konnte das nur sein, so ein Krabbeln kannte sie nicht. Was war das für ein sonderbares neues Gefühl? Der Pfleger kam ins Zimmer und begrüßte Kelly fröhlich. Doch Kelly war verunsichert und wies den Pfleger auf das seltsame Krabbeln an ihrem Körper hin. Der schaute sie nachdenklich an und klappte dann die Bettdecke zurück. Doch da war nichts, was hätte krabbeln können. Kelly lag ganz normal im Bett, doch halt, nicht ganz normal, da bewegte sich etwas. Und wirklich, sie hatte soeben ihre Beine bewegt. Ganz leicht nur, aber sie hatte es getan. Der Pfleger konnte es nicht glauben. Das konnte doch gar nicht möglich sein. Oder doch? Er wies Kelly darauf hin und bat sie, noch einmal die Beine zu bewegen. Und wie selbstverständlich funktionierte es.

Zunächst glaubten beide noch an ein vorübergehendes Muskelzucken. Doch das vermeintliche Muskelzucken endete mit dem Bewegen der Beine. Ganz bewusst und ohne Einschränkungen konnte Kelly wieder ihre Beine bewegen. Und was sie zunächst als Krabbeln bemerkte, war das Leben, welches in ihren gelähmten Leib zurückkehrte. Vorsichtig und ganz behutsam half ihr der Pfleger beim Aufstehen. Und wie in ihrem wundervollen Traum fühlte sie alles um sich herum. Sie nahm es bewusst wahr und sie spürte sich selbst. Ja, sie fühlte jeden einzelnen Millimeter ihres Körpers. Und sie war neugierig darauf, wie es wäre, wenn sie das erste Mal laufen würde. Der Pfleger brachte ihr alles bei. Stundenlang übten sie das Stehen, das Laufen, das Fortbewegen. Und irgendwann konnte Kelly sich bewegen, als sei sie niemals gelähmt gewesen. Welch eine Freude, was für ein unfassbares Glück, das sich da auftat. Was für ein wundervolles neues Leben, was da begann. Sie genoss jede Sekunde. Und sie erkannte plötzlich, dass sie es nur mit ihrem starken Willen schaffen konnte. Sie hatte niemals aufgegeben. Und sie wollte so gern leben. Ihr Pfleger konnte gar nicht sagen, wie glücklich er war, als er sie so sah. Die beiden verstanden sich so gut, dass sie sogar heirateten und sehr glücklich miteinander wurden. Und sie bekamen drei Kinder, die allesamt gesund und munter waren. Eines Tages sprach Kelly über ihren alten Traum. Nie hatte sie etwas davon erzählt, doch ihr Ehemann, der sie so viele Jahre aufopferungsvoll pflegte, sollte es schließlich wissen. Und als die beiden so auf der kleinen Veranda ihres Häuschens am Waldrand saßen und miteinander sprachen, spürte sie wieder diesen seltsamen lauen Wind, der wie früher schon einmal um ihre Nase fächelte. Da musste sie weinen und am Waldesrand sah sie einen jungen Mann mit langen goldenen Haaren und weißen Flügeln auf dem Rücken. Und plötzlich wusste sie, dass so manche Träume im Leben wahr werden können. Man muss nur ganz fest daran glauben.

Mutters Licht

Ich erinnere mich sehr oft an meine Jugendzeit. Besonders ein Erlebnis fällt mir immer wieder ein. Immer, wenn ich abends länger Dienst hatte, stellte Mutter ein kleines Lämpchen ins Fenster. Ich sah es schon von weitem und es leuchtete irgendwie magisch. Es zeigte mir schon vom Weitem dieses kleine Stückchen Heimat, diese Vertrautheit und ich liebte es so sehr. Es war ein Zeichen, welches mir meine Mutter gab, welches wohl sagen mochte: *Da ist jemand, der auf Dich wartet.* Weil die Straße kilometerweit schnurgeradeaus führte, sah ich das Licht schon, wenn ich auf unsere Straße einbog. Ich arbeitete zu dieser Zeit in einem anderen Stadtbezirk und oftmals endete meine Arbeitszeit, wenn die letzte Straßenbahn schon fort war. Dann hieß es für mich: *Heimlaufen!*
Ungefähr eine Stunde war ich unterwegs. Damals fürchtete ich mich noch nicht- ich war jung und voller Kraft. So glaubte ich, würde mir schon nichts passieren. Es war ein Freitagabend und mein Chef eröffnete mir, dass es auch an diesem Tage wieder länger dauern würde. Ich arbeitete damals in einem Restaurant und musste ebenso lange dableiben, bis der letzte Gast gegangen war. Diesmal jedoch wollten die Leute einfach nicht müde werden. Stundenlang hielten sie sich an einer Weinflasche fest und ich schaute besorgt zur Uhr. Meine Besorgnis schien berechtigt, denn die Uhr zeigte mir deutlich, dass ich

nun die letzte Bahn verpasst hatte. Gegen 2:30 Uhr machte ich mich schließlich auf den Weg. Und es klappte wunderbar. Zwar konnte ich mich vor Müdigkeit kaum noch auf den Beinen halten, doch gegen 3 Uhr bog ich in die heimatliche Straße ein. Schon von weitem sah ich es wieder, unser Licht. Es leuchtete nur schwach, doch es leuchtete. Und allein das gab mir die Kraft, schneller zu laufen. Dieses Licht erschien mir immer wie Mutters Blick, wie ihre Gedanken, ihre Besorgnis, unbeschadet nach Hause zu kommen. Es war nicht mehr weit, da fiel mir eine dunkel gekleidete Gestalt in einem Hauseingang auf. Ich maß dieser Person keinerlei Beachtung zu und lief einfach weiter. Dennoch war mir nicht mehr ganz so wohl zumute. Ich lief auf der Straßenmitte. Es kam ohnehin kein Fahrzeug und dort war es hellsten. Immerzu schaute ich an die dunklen Straßenränder. Umzudrehen traute ich mich nicht. Ich befürchtete, in das furchtbare Antlitz eines Monsters schauen zu müssen. Es raschelte hinter mir und schwere Schritte, die langsam schneller wurden, jagten mir ein unerträgliches Angstgefühl ein. Panik machte sich in mir breit. Ich wollte rennen, doch ich konnte einfach nicht. Es war verrückt, obwohl ich mir immer vorgenommen hatte, bei Gefahr erst einmal loszurennen, funktionierte es in diesem Moment nicht. Es kam mir vor, als seien meine Beine gelähmt. Mein Herz jedoch sprang mir beinahe vor Aufregung aus der Brust. Was würde geschehen? War ich wirklich in Gefahr? Die Antwort erhielt umgehend. Irgendjemand hielt mich plötzlich von hinten fest. Das, wovor ich immer Angst hatte, war eingetreten: ich wurde überfallen. Dutzende Horrorszenarien liefen in Sekundenbruchteilen vor meinem inneren Auge ab. Ich sah mich bereits mit einem Messer in der Brust zu Boden sinken. Der Fremde war größer und kräftiger als ich und ich hatte keinerlei Chance gegen ihn. Er hielt mich fest und wollte mich zu Boden pressen. Plötzlich wurde es gleißend hell um uns. Ein unglaublich scharfer weißlicher Lichtstrahl, der einem Laser glich, fuhr auf den Fremden nieder. Der Lichtstrahl fuhr an dem Fremden hoch und herunter und brannte ihm dabei irgendetwas auf seine Kleidung. Dampfend ließ er von mir ab und schrie dabei ganz laut. Ich muss gestehen, dass ich mehr Angst vor seinem plötzlichen Geschrei hatte als vor diesem unbeschreiblichen rätselhaften Licht. Kurz gelang es mir, die Herkunft des Lichtstrahls zu erkunden. Nur schwer konnte ich es erkennen, aber es musste aus unserem Fenster kommen. Genau aus der kleinen Lampe, die Mutter immer eingeschaltet ins Fenster stellte, wenn ich nachts heimkam. Der Fremde lag auf dem Boden und ich rannte so schnell ich konnte die letzten Meter bis zu unserem Hause. Mit zittrigen Händen versuchte ich das Schlüsselloch ausfindig zu machen. Irgendwann gelang es mir endlich, die Tür aufzuschließen. Doch als ich die Tür zuschlagen wollte, war der Fremde schon wieder hinter mir. Er stellte seinen Fuß in die Tür, griff nach mir und fauchte mich an, ich sollte sofort öffnen.

Doch ich dachte an das Licht in unserem Fenster und wuchs plötzlich aus mir heraus. Ich versetzte dem Fremden einen heftigen Schlag mitten ins Gesicht. Der ließ mich los und ich konnte die Tür zuschlagen. Unglücklicherweise fiel mir dabei der Schlüssel herunter. Aber durch das Schlüsselloch fiel plötzlich wieder dieser grelle Lichtstrahl, und als der Fremde kurz darauf die Tür aufstoßen wollte, war diese verschlossen. Ich brauchte erst einmal Luft und atmete tief durch. Kraftlos lehnte ich an der Haustür und taumelte hin und her. Mir war schwindelig und ziemlich übel. Dieser unglaubliche Schock hatte sich auf meinen Magen und auf meinen Blutdruck gelegt. Nur mit großer Mühe torkelte ich nach oben zur Wohnung meiner Eltern. Aber was sollte ich tun? Die Polizei rufen? Doch bis die eintreffen würde, wäre der Täter längst verschwunden. Und an sein Aussehen konnte ich mich einfach nicht mehr erinnern. Meine Eltern waren schon im Bett und schliefen. Ich wollte sie nicht wecken, wollte sie nicht mit meinem schlimmen Erlebnis belasten. So ging ich eben ins Bett. Seltsamerweise schlief ich sofort ein. Am nächsten Morgen beim Frühstück schaltete die Mutter das Radio ein. Und obwohl ich mir nicht so gern die Nachrichten anhörte, horchte ich bei der folgenden Meldung genauer hin. Der Sprecher sagte: „Am Morgen wurde eine Person hilflos im Stadtpark aufgegriffen. Es handelte sich bei der Person um einen gesuchten Schläger. Er hatte bereits drei Frauen brutal überfallen und sie äußerst aggressiv niedergeschlagen, weil sie ihm kein Geld geben konnten. Er trug Verbrennungen am ganzen Körper. Seinen Aussagen zufolge sei er angeblich von einem grellen Lichtstrahl festgehalten und so übel verletzt worden. Er konnte endlich verhaftet werden. Dem vermeintlichen Lichtstrahl sei Dank."

Ich lächelte in mich hinein, denn immerhin wusste ich, welches Licht den Täter gestellt hatte.

Und die durchgebrannte Glühbirne der kleinen Lampe in unserem Fenster sprach wohl ihre eigene Sprache.

Das Beste im Leben

Es kommt immer darauf an, dass man das Beste aus seinem Leben macht.

Diesen Spruch hatte Ingo über seinem Bett stehen. Und obwohl er in großen Lettern an die Wand gemalt war, wusste Ingo nicht, was er wirklich aus seinem Leben machen sollte. Sein Zensuren-Durchschnitt war schlecht und nun, wo er eine Lehre beginnen sollte, wusste er nicht, was er werden sollte. Es blieben nur Hilfsarbeiterjobs und Ingo sah keine Zukunft mehr in seinem Leben. Außerdem waren seine Eltern seit Jahren arbeitslos und genügend Geld besaß die kleine Familie nicht. Das, was noch da war, versoff der Vater und so blieb der Mutter nie genug Geld übrig, um ein anständiges Essen auf den Tisch zu bringen. Ingo tat das, was so viele taten, er passte sich an. Arbeitslosigkeit, Alkohol, Diebstahl, Drogen, mittlerweile hatte er wohl jede Etappe all dieser unschönen Dinge hinter sich. Und ehe er sich's versah landete er auf dem Drogenstrich. In dieser verhängnisvollen Abhängigkeit wusste er weder ein noch aus. Sein ganzes Leben erschien ihm schwarz und vorbei, ehe es richtig begonnen hatte. Als er eines Morgens zitternd im Park, in der Nähe des Bahnhofs auf einer Bank saß, um einen Joint zu rauchen, kam ein fremder junger Mann des Weges. Er war gut gekleidet und zog sich mit vornehmen Handbewegungen eine Zigarette aus einem silbernen Etui. Und weil es keine andere Bank gab, nahm er am äußersten Ende von Ingos Bank Platz. Verächtlich schaute er kurz zu Ingo hinüber, um seinen Blick sofort wieder nach oben in die Wipfel der am Wegesrand stehenden Bäume schweifen zu lassen. Ingo rang sich ein abschätziges „Pha" ab und starrte den Mann kopfschüttelnd an. Da dieser ab und zu an seiner langen Zigarette zog und dabei keinerlei Miene vorzog, sprach ihn Ingo an: „Na Du Fatzke, hast Dich wohl verirrt. Das ist kein Schlosspark, sondern der Drogenstrich, falls Du das nicht weißt! Übrigens, zum Fünf-Sterne-Hotel geht's da vorne um die Ecke. Und jetzt troll Dich!" Damit machte er eine eindeutige Kopfbewegung und drehte sich um. Der Fremde jedoch schien sich gar nicht stören zu lassen. Er zog weiterhin an seiner Zigarette, so lange, bis er sie aufgeraucht hatte. Dann schaute er zu Ingo und sagte mit vornehmer Stimme: „Ich weiß selbst, wo ich bin. Das hier war die letzte, hast Du vielleicht was Neues für mich" Damit deutete er auf Ingos Joints und schaute ihn fragend an. Das hatte Ingo nicht erwartet. Er wusste nicht, was er dazu sagen sollte. Zwar hatte er einen Verdacht, aber dieser eitle Kerl konnte doch unmöglich ebenfalls … niemals … nie und nimmer! Doch der Fremde schaute noch immer zu Ingo und schien plötzlich gar nicht mehr so vornehm und akkurat wie eben noch. Er wirkte plötzlich nervös und zittrig. Ingo verzog sein Gesicht und sagte dann: „Brauchst Du Drogen? Kann nicht sein, was? Willst Du mich verschaukeln?" Er nahm eine Angriffsstellung ein und rief: „Wenn Du mich veralbern willst, dann kriegst Du eine!"

Der Fremde jedoch starrte noch immer zu Ingo. Irgendwie schien es dem, dass es dem Fremden ernst war, vielleicht brauchte er ja wirklich dringend Nachschub. Wieder verzog er sein Gesicht, hustete dann laut und griff in seine Hosentasche. Dann zog er eine zerknautschte Schachtel hervor und hielt sie dem Fremden unter die Nase. „Reicht das für heute", pfiff er ihn an. Der Fremde nickte nur und riss die Schachtel auf. Er zog sich einen Joint heraus und steckte ihn gierig in den Mund. Bei seinem ersten Zug sog er die giftige Luft tief in sich ein. Dann stöhnte er laut und lehnte sich glückselig zurück. Ingo gefiel die Sache nicht. Irgendwie fand er diesen fremden Mann mehr als seltsam. Er passte nicht so recht in diesen Park. Er war kein Junkie und auch kein Dealer. Nur was war er dann?

Plötzlich verfinsterte sich der Himmel. Wie aus dem Nichts zogen dunkle Wolken auf und es begann zu regnen und zu donnern. Heftige Blitze zuckten vom Himmel herab und trafen auf die Wiese hinter der Bank. Ingo bekam es mit der Angst zu tun. Er sprang auf und rannte los. Doch der Fremde blieb seltsamerweise noch immer sitzen. Wollte er sich etwa umbringen? Ingo wartete eine Sekunde lang ab. Sollte er zu diesem Lebensmüden zurückgehen und ihn mitnehmen? Vielleicht war der im Augenblick ja so abgedreht, dass er gar nicht merkte, wie das Gewitter über ihn herzog? Ingo wollte es versuchen. Noch einmal lief er zurück zur Bank und wollte den Fremden auffordern, mit ihm zu gehen. Doch als er vor der Bank stand, traf ihn beinahe der Schlag. Auf der Bank saß eine grausam entstellte Gestalt und grinste ihn hämisch an. Ingo war so schockiert, dass er sich nicht mehr rühren konnte. Die grellen Blitze erleuchteten das Gesicht der grausigen Gestalt ein wenig und ließen es noch fürchterlicher erscheinen als eben noch. Doch was war das? Die Gestalt bewegte sich, lebte sie etwa noch? Sie stand auf und baute sich augenblicklich vor dem vollkommen überfahrenen Ingo auf. Dann lachte sie nur laut und rief: „Ha ha, da staunst Du was? Schau nur hin. Bald wirst Du ebenso aussehen wie ich. Die Drogen werden aus Dir heraustreten und das aus Dir machen, was Du wirklich bist, ein Mörder, denn Du bringst Dich selber zur Strecke. Schau nur genau hin. Siehst Du die todbringenden Drogen da in mir drin? Siehst Du das, was auch Dein Leben zerstören wird? Was, Du siehst es nicht? Du wirst genauso elendig zugrunde gehen, wie alle hier in diesem Park. Egal, ob sie aus gutem Hause kommen oder aus armen Verhältnissen sind. Die Drogen machen alle kaputt. Du brauchst wieder Hoffnung. Und die findest Du nicht in diesen Drogen oder dem Alkohol. Dort findest Du lediglich den Tod. Die Hoffnung aber findest Du nur hier drin!"

Bei diesen Worten fasste sich die Gestalt an die Stelle, wo sich für gewöhnlich das menschliche Herz befindet. Da verzog sich plötzlich das Gewitter. Der Regen ließ nach und die Sonne blinzelte wieder zwischen den Wolken hindurch. In einem allerletzten Blitz verschwand die Gestalt und alles war, als sei gar nichts geschehen. Ängstlich schaute sich Ingo nach allen Seiten um. Doch die furchtbare Gestalt und auch der Fremde waren nirgends mehr zu sehen. Was ging hier nur vor? Hatte er nun schon Halluzinationen? Kein Wunder, bei seinem täglichen Drogenkonsum. Aber so sehr sich Ingo auch umsah, alles blieb ruhig und friedlich vor seinen Augen. Wieder setzte er sich auf die Bank und schwieg. Er konnte nicht fassen, was er da soeben erlebt hatte. Dieser Fremde, diese entsetzliche Gestalt, wer war das nur? Nachdenklich betrachtete er seinen Joint. Sollte er ihn weiterrauchen? Wieder fielen ihm die Worte des Fremden ein. Er hatte ja recht, irgendwann würde er ebenso enden, wie es ihm der Fremde aufgezeigt hatte. Irgendwann würde er daran sterben. Und dabei wollte er doch nur das Beste aus seinem bisschen Leben machen. Das Beste? Was war eigentlich das Beste? Etwa dieser dämliche Joint? Er nahm ihn und warf ihn weit von sich. Er drehte sich nicht einmal um nach ihm. Der Joint verglühte irgendwo auf der weiten Wiese. Und Ingo hatte das erste Mal nachgedacht über das, was er tat. Sein ganzes Leben hatte er das nicht getan. Aber wie sollte es nun weitergehen? In seinem Kopf herrschte Leere, endlose Leere. Doch er wusste, dass er, nur er allein diese Leere beseitigen konnte. Er musste wieder Hoffnung haben. Und er musste wieder einen Sinn in seinem Leben finden. Dazu musste er sich einen Sinn schaffen. Er wusste selbst, dass das nicht einfach werden würde. Doch wenn er es nicht versuchte, dann würde er es auch niemals erreichen. Also, ran an den Speck! Und bloß nicht mehr jammern! Mutig erhob er sich von der Bank und warf die restlichen Joints in einen Papierkorb. Nein, er wollte nicht so enden, wie es ihm der Fremde verdeutlicht hatte. Ja, er wollte etwas ändern. Er wollte sein eigenes Leben ändern, sofort, jetzt! Und er schritt los, geradewegs in eine neue Zeit. Und von fern glaubte er, den Fremden sprechen zu hören. Er sagte: „Ja, so soll es sein. Und fürchte Dich nicht. Du wirst es schaffen!"

Da spürte er einen ungeheuren Stich im Herzen, der sich bis zu seiner Seele ausbreitete und er lachte, denn er spürte sich wieder. Ja! Er konnte wieder fühlen und sich freuen an dem Tag, der da begann. Und plötzlich wusste er, das Beste im Leben ist nicht der Ruhm, das Geld, der Rausch. Nein, das Beste im Leben ist die Hoffnung und das Leben selbst.

Die alte Schreibmaschine

Phil war ein erfolgloser Autor. Seit er denken konnte, schrieb er fantastische Kurzgeschichten. Doch das einzige, was an seinen Geschichten fantastisch und irreal blieb, war der Erfolg. Die unterschiedlichsten Geschichten verfasste er und sie waren wirklich ziemlich gut. Doch irgendwie fehlte das gewisse Etwas bei allem, was er da so von sich gab. Alle rieten ihm, endlich mit der Schreiberei aufzuhören, doch Phil wusste, dass er nichts anders konnte als schreiben. Und so saß er weiterhin jeden Tag lustlos an seinem Laptop und tippte dutzende Fantasie-Geschichten in den Speicher, die kein Mensch lesen wollte. Irgend-wann hockte er traurig in seinem alten verfalle-nen Haus in Maryville und wusste nicht mehr, was er noch tun sollte, um die Leute zu begeis-tern. Lena, seine Lektorin rief ihn an und meinte, dass sie den Vertrag kündigen würde, weil er einfach nichts Packendes mehr zustande bekäme. Alles was er schieb, war langweilig und brachte dem Verlag keinerlei Umsatz. Das traf ihn sehr, denn er kannte Lena gut. Schon oft hatte er sie bei Buchmessen sprechen können uns sich ins-geheim in sie verliebt. Doch sie durfte es nicht erfahren. Überhaupt war Phil ein sehr ruhiger und zurückhaltender Zeitgenosse. Er konnte nicht auf andere Leute zugehen und vielleicht war das auch sein Handicap, welches ihn einfach nicht an die Spitze der schreibenden Zunft rü-cken ließ. Eines Abends saß er noch lange auf seiner kleinen Terrasse. Gleich dahinter erstreckte sich ein kleiner See. Weil der Herbst nicht mehr weit war, zogen auch an diesem Abend dichte Nebelschleier über die Wasseroberfläche und das Mondlicht tauchte die Gegend in ein seltsames Licht. Phil wusste nicht, ob er zu Gott oder besser zum Teufel beten sollte. Irgendwie hatte er den Eindruck, dass ihn keiner von beiden haben wollte. Da rauschte es laut auf dem See und ein heftiger Windstoß fuhr über das Wasser bis hin zu Phils Terrasse. Beinahe wäre das Geschirr, welches er auf seinen kleinen wackeligen Gartentisch gestellt hatte, heruntergefallen. So etwas hatte er wirklich noch nie erlebt. Als der Wind vorüber war, glaubte Phil, aus der Ferne ein seltsames Klappern zu hören. Da ihm auch dieses merkwürdige Geräusch mehr als fremd war, wollte er der Sache auf den Grund gehen. Weil es schon dunkel geworden war, holte er sich seine Taschenlampe und lief los. Der Weg am Ufer des Sees entlang war recht holprig. Immer wieder stolperte Phil über Baumwurzeln und Erdhügel. Als er den See schon fast umrundet hatte und noch immer nichts entdecken konnte, wollte er wieder zum Haus zurückgehen. Da vernahm er erneut dieses rätselhafte Klappern. Es musste ganz aus seiner Nähe kommen. Was konnte das nur sein? An einer dicken Weide war das Geräusch am lautesten zu hören. Phil schlich durch das dichte Gebüsch und stieß plötzlich an etwas Hartes. Erschrocken sprang er zurück. War das ein Tier? Ein Waschbär vielleicht? Doch der harte Gegenstand rührte sich nicht. Mutig wagte Phil einen erneuten Vorstoß. Mit seinen Händen bog er das Gebüsch zur Seite und leuchtete mit seiner Taschenlampe in das dichte Buschwerk hinein. Irgendetwas Metallisches blinkte dort. Und als Phil näher heranging, erkannte er, was es war. Unter der Weide stand eine alte Schreibmaschine. Irgendjemand musste sie hier abgeladen haben. Die schwarze Farbe, die früher einmal an ihr haftete, blätterte ab und manche Tasten trugen keine Buchstaben mehr. Sollte etwa diese Maschine so laut geklappert haben? Aber das konnte doch gar nicht möglich sein. Wie sollte sie von allein mit ihren Tasten klappern? Phil hob die Maschine aus dem Busch und stellte sie vor sich auf den Weg. Vorsichtig putzte er den Schmutz und die Erde von dem alten Stück. Die Maschine sah gar nicht so schlecht aus, fand Phil. Sogar ein Farbband steckte noch darin. Vermutlich hatte gerade erst jemand mit der Maschine geschrieben. Nur wer? Phil entschloss sich, die Schreibmaschine mit nach Hause zu nehmen. Denn obwohl sie wirklich schon sehr alt war, musste sie ja nicht kaputt sein. Das gute alte Stück war ziemlich schwer und Phil musste sich mächtig abmühen, um sie sicher ins Haus zu bringen. Dort angekommen stellte er sie auf den Küchentisch und wischte sie mit einem weichen Lappen gründlich ab. An einigen Stellen blinkte der schwarze Lack noch als sei sie nagelneu. Aber wieso hatte sie geklappert?

Hatte sie überhaupt geklappert? Oder hatte sich Phil am Ende alles nur eingebildet? Er wollte nicht weiter darüber nachdenken und stellte die Maschine anstelle seines modernen Laptops auf seinen kleinen Schreibtisch. Weil er so neugierig war, wollte er die Maschine sofort ausprobieren. Er zog eine Papierseite ein und wartete dann einen kleinen Moment. Sollte er jetzt wirklich mit diesem antiquierten Maschinchen schreiben? Irgendein Gefühl ganz tief in seinem Herzen drängte ihn, einen frei erfunden Text zu schreiben. Zunächst tippte er vorsichtig mit einem Finger auf die ein- oder andere Taste. Und es war ganz merkwürdig. So, als hätte er immer schon mit dieser Maschine geschrieben, schlug sie ohne Probleme die Buchstaben an das weiße Papier. Phil betrachtete sich den Text und war erstaunt. Dass dies alte Stück noch so wunderbar schreiben konnte, hätte er nicht gedacht. Und es war ganz sonderbar, aber plötzlich hatte er den unbändigen Drang, eine Geschichte in die Maschine zu tippen. Seine Finger flogen über die mechanische Tastatur, als sei es niemals anders gewesen. Wie konnte so etwas nur möglich sein? Phil kannte sich selbst nicht mehr. Er fühlte sich wunderbar und so eigenartig leicht und schien voller großartiger Ideen. Und warum funktionierte das Farbband so gut? Meistens brauchte es doch einige Zeilen, bevor die Buchstaben sauber und gut lesbar am Papier sichtbar wurden. Die alte Maschine klapperte die Geschichte im Minutentakt auf das Papier. Und schon nach wenigen

Minuten hatte Phil die erste Kurzgeschichte fertig gestellt. Als er sie nachlas, um sie eventuell zu korrigieren, wunderte er sich erneut. Nicht ein einziger Fehler war ihm unterlaufen. Der Text war vollkommen fehlerfrei. So etwas hatte er noch niemals erlebt. Selbst bei seinem Laptop musste er ab und zu nachkontrollieren und fand immer mindestens einen Fehler, den er einfach übersehen hatte.

Doch diese alte Maschine … Phil war fassungslos. In dieser Nacht schrieb er sage und schreibe zehn packende fantastische Kurzgeschichten. Und weil es ihm so gut gelang, schriebe er einfach weiter. Nach einer Woche hatte er hundert super spannende Fantasie-Geschichten geschrieben. Per Email schickte er sie an seinen Verlag. Es dauerte nicht lange, da meldete sich Lena, seine Lektorin. Doch sie schien wie ausgewechselt. Sie war nicht mürrisch und gelangweilt von seinen Geschichten, nein, sie war euphorisch und begeistert und wollte unbedingt mehr davon. Phil wusste nicht, ob er der alten Maschine noch so viel abverlangen konnte, doch es war wie verhext, erneut schrieb er ohne Unterlass. Und wieder hatte er hundert packende Geschichten zusammen, die er umgehend an Lena schickte. Die wusste gar nicht, was sie vor lauter Begeisterung sagen sollte. Solche spannenden Geschichten hatte Phil wirklich noch niemals geschrieben. Als die Geschichten Monate später in einem neuen Buch von Phil auf den Markt kamen, wurden sie den Händlern regelrecht aus den Händen gerissen. Der Erfolg war riesig und Phil verdiente innerhalb kürzester Zeit Millionen. Doch er blieb bescheiden, freute sich über seinen sagenhaften Erfolg und genoss das Leben. Endlich konnte er Lena, seine Lektorin heiraten und hielt seine alte Schreibmaschine in Ehren. Doch Lena war nicht so bescheiden wie er. Sie wusste, dass Phil viel Geld auf der Bank hatte und wollte alles für sich allein haben. In einer stürmischen Oktobernacht fasste sie einen teuflischen Entschluss. Sie wollte ihren Ehemann im Schlaf erschlagen, um sich dann das ganze Geld selbst einzustecken. Dazu besorgte sie in der Stadt ein wirksames Schlafmittel und flößte es heimlich Phil am Abend ein. Dann wartete sie, bis er endlich eingeschlafen war. Es dauerte nicht lange, da klappte Phil zur Seite und legte sich auf die Sitzbank in der Küche, wo er immer mit Lena zusammensaß, um die Mahlzeiten einzunehmen.

Als Phil tief und fest schlief, stand Lena auf und rief zur Kontrolle noch einmal laut Phils Namen. Doch der reagierte nicht. Das war Lenas große Stunde. Schnurstracks lief sie in Phils Arbeitszimmer und holte die schwere Schreibmaschine von seinem Schreibtisch. Sie schaffte es gerade noch sie emporzuheben, da geschah etwas Seltsames. Als sie die Maschine auf Phils Kopf fallen lassen wollte, kippte sie plötzlich nach hinten. Die Schreibmaschine entwich ihr und fiel polternd auf den Boden. Lena jedoch konnte sich nicht mehr halten.

Als sie sich am Tisch festhalten wollte, bekam sie nur das Tischtuch zu fassen und zog es im Fall mit nach unten. Sie stolperte noch einmal und schlug mit dem Kopf auf der Tischkante auf, bevor sie auf den Boden fiel. Blutüberströmt blieb sie regungslos dort liegen. Irgendwann wurde Phil wach. Als er Lena am Boden liegen sah, erschrak er fürchterlich. Sofort rief er einen Notarzt. Doch dieser kam zu spät. Für Lena gab es keine Rettung mehr. Seltsamerweise stand seine Schreibmaschine jedoch wieder auf seinem Schreibtisch, so, als sei nichts geschehen. Er konnte nicht wissen, dass ihn Lena mit eben dieser Schreibmaschine erschlagen wollte. Lange Zeit trauerte um seine falsche Ehefrau. Er setzte ihr sogar einen großen Grabstein auf dem Friedhof des kleinen Ortes. Und er konnte einfach nicht mehr schreiben. Immerzu musste er an Lena denken. Er hatte sie doch so sehr geliebt. Da vernahm er eines Nachts ein seltsames Klappern aus seinem Arbeitszimmer.
Sollte etwa jemand…? Er sprang aus dem Bett und rannte ins Arbeitszimmer. Doch was er dort zu sehen bekam, ließ ihm das Blut in den Adern gefrieren. Auf dem Schreibtisch stand die Maschine und tippte in aller Seelenruhe einen Text aufs Papier. Phil konnte sich nicht daran erinnern, einen Bogen eingelegt zu haben. Wie konnte das nur sein? Was ging hier nur vor? Es war genau das gleiche Klappern, welches er damals, als er die Maschine am Seeufer fand, hörte. Langsamen Schrittes schlich sich Phil an die Ma-

schine, die augenblicklich ihr schriftstellerisches Werk beendete. Mehrere beschriebene Bogen klemmten im Papierschacht. Zunächst traute sich Phil nicht, die Bogen aus der Maschine zu ziehen. Doch dann fasste er sich ein Herz und griff nach dem Papier. Ohne Schwierigkeiten ließen sie sich aus der Maschine entnehmen. Phil starrte auf die beschriebenen Seiten und konnte nicht fassen, was er da zu lesen bekam. Dort stand exakt der gesamte Ablauf des Abends zu lesen, an welchem Lena starb. Als Phil die entsetzlichen Details las, packte ihn die Wut. Wie konnte er sich so in seiner Lena getäuscht haben? War sie wirklich eine eiskalte Mörderin? Oder erlaubte sich irgendjemand nur einen üblen Streich mit ihm? Doch wem sollte solch eine Horrorgeschichte schon nützen? Lange brauchte Phil, um sich mit den furchtbaren Tatsachen abzufinden, die seine alte Schreibmaschine da vor seinen Augen enthüllte. Er konnte nicht fassen, dass Lena so falsch und hinterhältig war. Tage später ließ er den Grabstein entfernen und das Grab einebnen. Nur eine dürftige Blumenwiese sollte daran erinnern, dass hier seine Ehefrau lag. Doch auch die Schreibmaschine wollte er nicht mehr und brachte sie zu einem Antiquitätenhändler. Der staunte nicht schlecht, als Phil mit dem guten alten Stück dort erschien. Als der Händler mit einer Lupe im Inneren des mechanischen Werks herumstöberte, wurde er plötzlich sehr schweigsam. Schnell fasste er sich wieder und sagte: „Faszinierend, dass Sie dieses Einzelstück noch besitzen. Und noch faszinierender finde ich, dass Sie diese Maschine veräußern wollen. Sie können sich glücklich schätzen, aber dieses Stück ist ein Schatz, eine einzigartige Rarität. Sie ist Millionen Wert. Denn es handelt sich um eine Schreibmaschine des berühmten Schriftstellers fantastischer Romane, Jules Verne."

Engel der Träume

Sarah lebte am Rande eines riesigen Slums, einer Siedlung, die nur aus Wellblechhütten bestand, in der riesigen Stadt Buenos Aires. Erst vor kurzem hatte sie ihren Ehemann durch eine schwere Krankheit verloren. Kinder hatten sie keine, und ihre Eltern, die auch so arm waren wie sie, lebten schon lange nicht mehr. Immer wieder ging sie zu dem kleinen Holzkreuz, welches sie am Rand des Hüttenmeeres aufgestellt hatte und weinte sich die Seele aus dem Leibe. Die Erinnerungen an die Kinderzeit, welche ihr die Eltern versuchten, so schön wie möglich zu gestalten, waren so nah. Und dann sah sie Finn, ihren Ehemann. Er musste so jämmerlich dahinvegetieren, bis er dann starb. Sie hatten so viel Schlimmes erlebt. Und doch niemals geklagt. Aber nun? Sollte es wirklich bis an ihr Lebensende so trostlos bleiben? Sie wusste genau, dass sich nichts ändern würde, hier in dieser Siedlung der Hoffnungslosigkeit. Hier am Rande allen Glücks. Hier regierten nur die Trauer und die Angst, die Krankheiten und das Verderben. Hier gediehen nicht einmal die Blumen. Dennoch hatte sie eine Rose für die Eltern und für Finn neben das Holzkreuz gelegt. Sie wusste, dass es die Eltern und auch Finn bemerken würden. Ihre Seelen waren ihr manchmal so nah. So unglaublich nah. Und dann wollte sie bei ihnen sein, für immer und ewig. Doch sie konnte es ja nicht. Denn sie musste leben. Sie musste es aushalten. Jedoch das Glück blieb fern, viel zu fern für ihre Träume. Von ihrer Mutter hatte sie einst ein weißes Sommerkleid bekommen. Mutter hatte es selbst genäht und ihr zum 18. Geburtstag geschenkt. Es war das Einzige, was sie sich ihr Leben lang vom Munde abgespart hatte, dieses Sommerkleid für Sarah. Als sie dann starb, sagte sie noch mit letzter Kraft auf ihrem Sterbebett zu Sarah: „Ach mein Kind, ich weiß, dass ich nun gehen muss. Aber ich werde dort oben immer an Dich denken, denn Du bist doch das Liebste und Beste, was mir je passiert ist. Eines Tages wirst Du das weiße Kleid tragen und im Park unter Weidenbäumen sitzen. Dann wird er kommen, der Engel der Träume, und er wird Dich mit sich nehmen. Du wirst es wissen, wann diese Zeit gekommen ist. Dann gehe mit ihm und denk an meine Worte. Werde glücklich, denn das ist es, was ich Dir von ganzem Herzen wünsche. Ade Du mein liebster Stern."

Und als Mutter starb, da regnete es goldene Sterne vom Himmel herab, nur auf Sarahs Haupt. Sie wollte nie mehr aufhören mit Weinen und wollte mit ihrer Mutter gehen. Irgendwohin, wo es besser sein würde. Doch sie blieb zurück und sie schwor sich, auf den Engel der Träume zu warten. Sie wusste genau, dass er kommen würde. Ja, eines Tages würde er da sein und sie würde wissen, dass er es ist. Dann würde sie ihm folgen und Mutter wiedersehen. Dort, irgendwo im fernen Reich der wunderschönsten Träume und der Illusionen. Und es wird so schön, wie es früher war. Die Rose neben dem Kreuz verdarb und auch der Sommer ging. Doch es war nicht kalt, nur kühl und der frische Wind zog in Sarahs einsame Hütte am Rande dieses riesigen Slums. Zwischen den unendlich vielen Wellblechhütten verfing er sich und mischte sich unter die unzähligen Stimmen der vielen Menschen. Und die Kinder riefen und sangen Lieder, trotz alledem. Sarah ging hinaus und hatte ein solch ein merkwürdiges Gefühl. So ein Gefühl kannte sie bisher noch nie. Es war anders und so seltsam leicht. Sie fühlte sich wie eine Wolke, ein Vogel, der nie wieder landen wollte. Und sie breitete ihre Arme aus und drehte sich im Kreis. Obwohl sie seit dem Vortag nichts mehr gegessen hatte, drehte sie sich wie ein Kreisel. Und sie fühlte sich wunderbar dabei. Niemals mehr wollte sie aufhören sich zu drehen. So bunt sah sie ihre Welt noch nie. Und als der Wind noch stärker wurde, da hörte sie aus der Ferne eine wohlbekannte Stimme. Sie rief nach ihr, sang ein Lied, ein ihr so vertrautes Lied. Es war Mutter, die da sang. Welch eine Freude, es war das Lied, welches sie ihr immer sang, wenn sie in ihrem Bettchen lag und ihre Äugelein schloss. So sanft, so liebevoll, so reich an Träumen. Welche eine Serenade, die sie da in ihrem Herzen spürte. Und ihre Seele wusste, dass sie nun gehen musste. Irgendetwas zog sie magisch fort. Doch zuvor holte sie es aus dem alten Schrank, dieses wunderschöne weiße Kleid von Mutter. Das einzige und Schönste, was ihr noch geblieben war von ihren Träumen. Sie zog es an und glaubte im selben Augenblick zu schweben. Unter sich sah sie die Millionen von Blechhütten des dunklen Slums. Doch sie schwebte zu einem Park. Und dort standen hundert Weiden an einem weißen Kieselsteinweg. Eine alte hölzerne Bank wartete da im Blumenmeer auf sie. Sie nahm auf ihr Platz und spürte diesen märchenhaften Duft nach Rosen und nach Träumen. Dann sah sie Mutters Gesicht. Es schaute zwischen den Rosen hervor und lächelte sie an. Mutter hatte Tränen in den Augen. Sie sang ein wundervolles Kinderlied. Und leise klangen tausende Glöckchen, so, als wollten sie etwas einläuten, etwas Unfassbares ankündigen, den Beginn eines wundervollen Traums vielleicht? Der Beginn vom ewigen Glück? Ihr weißes Sommerkleid leuchtete wie ein zauberhaftes Licht in der Sonne. Sie fühlte sich wie ein Stern und ihre Mutter nickte ihr zu.

Sarah spürte, dass gleich etwas Unerklärliches geschehen würde, denn so hatte sie noch niemals ihre Mutter lächeln sehen. So hatte sie Mutter noch niemals weinen sehen, weinen vor Glück. Und Mutters Lied wurde immer intensiver, wie auch dieser sagenhafte, unerklärliche Rosenduft. Es war, als wollten sich alle Gefühle dieser Welt und alle Düfte dieser Erde in einem Himmel, der nur aus Träumen bestand, vereinen. Sie sah Finn, der ihr aufmunternd zunickte und sie wusste, dass irgendetwas Neues für sie beginnen würde. Und dann sah sie ihn, diesen makellosen jungen Mann, der aus einer Wolke zu entsteigen schien. So etwas Prachtvolles, so etwas Unglaubliches

hatte sie noch niemals zuvor gesehen und gefühlt. Welch eine Gnade, was für eine Demut
empfand sie da. Sie verbeugte sich vor alledem
und wurde im selben Augenblick erfasst von
einer unbegreiflichen Liebe. Was für eine unaus-
sprechliche Liebe. Nein, diese Liebe kannte sie
nur von ihrer Mutter, von Vater und von Finn.
Ach, wie hatte sie nur all diese Menschen doch
so sehr geliebt. So tief und innig, dass sie es nicht
sagen konnte. Nein, diese unübertroffene Liebe
durfte niemals mehr vergehen. Und als sie auf-
schaute, sah sie diesen jungen Mann auf dem
Weg vor ihrer kleinen Bank vorübergehen. Er
blieb stehen, drehte sich um und seine himmel-
blauen Augen strahlten voller Zuversicht und
voller Hoffnung. Ja, das musste er sein, der Engel
der Träume! Sein goldenes Haar wehte ihm
Wind und ihr war, als würde sie hören, wie er zu
ihr sagte: „Komm mit mir. Komm mit in eine
andere Welt, dort draußen in dieser unendlichen
wundervollen Ferne."
Und er küsste sanft ihre Hände. Sie stand auf
und alsbald lösten sich beide in einer silbrig
scheinenden Nebelwolke auf und eine leise Me-
lodie erklang, wie eine ferne Symphonie. Mutters
Lied. Und Sarah weinte und auch der Engel hatte
Tränen in den Augen und er nahm das Mädchen
in seine Arme und beide flogen durch die strah-
lenden Wolken ihrem Glücksstern entgegen.
Weit hinter sich ließen sie die Welt und Sarah
erinnerte sich an ihre kleine Bank, dort im Park
der Illusionen. Da wusste sie, dass nicht nur

manche Träume wahr würden. Nein, es waren *alle* ihre Träume, die wahr wurden. Was für ein Wunder, was für ein märchenhafter Traum. Und sie wünschte allen Menschen dort unten auf Erden dieses Glück, welches sie nun hatte. Denn er ist überall, dieser wundervolle Traum, diese einzigartige Hoffnung auf das ewige Glück. Denn es ist das, was nur sie in diesem Augenblick sehen konnte. Ja, Mutter hatte es gewusst. Nun war er da, dieser Moment, den nur er bestimmen konnte. Es war ihr Engel der Träume.

Babyklappe

Sonja hatte vor wenigen Tagen einen Sohn zur Welt gebracht. Sie nannte ihn Timmi, aber sie hatte große Angst. Der Vater hatte sich aus dem Staub gemacht und den Kontakt zu ihr abgebrochen. Doch auch sie selbst wusste nicht, wie es weitergehen sollte. Seit Jahren war sie nun schon arbeitslos und hatte mit diesem Kind nun erst recht keinerlei Aussichten auf eine Arbeit. Überall wurde sie abgewiesen. Nicht einmal in ihrer Familie fand sie den nötigen Halt, denn ihre Eltern hatten selbst kein Geld, um sie zu unterstützen. So wusste Sonja weder ein noch aus. Eines Abends saß sie in ihrer kleinen Wohnung in einem herunter gekommenen, lauten Mietshaus und schaute traurig und sehnsuchtsvoll aus dem Fenster. Der Regen perlte an den Scheiben herunter und dicke Tränen rannen ihr übers Gesicht. Was sollte sie nur tun? Sie sah keinen Ausweg mehr aus ihrer schwierigen Lage und wollte das Kind in eine Babyklappe bringen. Sie wusste, dass es gar nicht weit von ihrem Hause eine solche Klappe gab. Aber wie sollte sie es bewerkstelligen, ungesehen dort ihr Kind abzulegen? Wurde man dort beobachtet? Oder war wirklich so anonym, wie man sich erzählte. Und könnte sie sich überhaupt von diesem kleinen unschuldigen Wesen trennen, welches sie unter so vielen großen Schmerzen auf diese Welt gebracht hatte? Sie starrte auf die regennasse Straße dort unten und spürte, wie die Hoffnungslosigkeit in ihre angekratzte Seele eindrang. War da vielleicht Schuld und Verachtung in ihrem verklärten Blick? Sie sah, wie Menschen mit aufgespannten Regenschirmen durch den Regen hasteten. Unzählige Autos fuhren zu irgendeinem unbekannten Ziel. Und sie? Hatte sie etwa keine Ziele mehr, keine Träume mehr vom großen Glück? Sollte sie nicht doch versuchen, Timmi aufzuziehen? Sie liebte ihn doch so sehr. Und wenn er sie mit seinen großen braunen Augen hilfesuchend anschaute, war ihr, als würde auch sie noch einmal ganz neu zu denken beginnen. Welch ein Wunder, dieses kleine Kind auf dem Arme zu tragen und ihm alles das zu geben was es brauchte, um zu leben. Und es war doch gar nicht so viel, außer nur einem bisschen Liebe und Zuwendung. Hatte sie nicht einmal mehr das? Ein wenig kraftlos hielt sie sich am Fenstergriff fest und dachte an Andy, ihren Freund. Warum musste er plötzlich verschwinden? Hatte er vielleicht zu große Angst vor der Verantwortung oder wollte er nichts mehr von ihr wissen? Hatte er sie überhaupt je geliebt? Sie wusste keine Antwort auf diese Fragen. Und sie ging zu Timmi. Er lag in seinem kleinen Bettchen und schlief so friedlich. Diese kleine Nase, dieser kleine Mund. Vorsichtig und sacht streichelte sie ihm über sein winziges Köpfchen. Und es schien, als würde Timmi sie verstehen. Mit seinen kleinen Händchen wischte er sich übers Gesicht. Sonja lächelte, wie zerbrechlich doch dieses neue Leben war. Sie hatte die Verantwortung dafür.

Und sie wusste es ganz genau! Aber die Angst war stärker und sie legte sich weinend auf das Sofa neben dem Kinderbettchen. Sie war doch Mutter und fühlte sich doch so fremd vor ihrem eigenen Kind. Es würde eine andere Mutter geben, die mehr Geld hatte und die Timmi ein schöneres Leben ermöglichen könnte, als sie es je hätte tun können. Ja, morgen würde sie zur Babyklappe gehen und Timmi dort abstellen. Ruhelos stand sie noch einmal auf und setzte sich an den Tisch, um einen Brief zu schreiben. Sie wollte diesen letzten Brief in Timmis Korb legen, wenn sie ihn morgen bei der Babyklappe abstellte. Doch was sollte sie schreiben? Das sie zu arm sei, um dieses kleine Kind, *ihr* kleines Kind aufzuziehen? War das nicht zu billig? War das nicht zu schäbig? War nicht jedes Wort, welches sie schrieb, eine Lüge, eine Flucht vor der Verantwortung? Aber sie musste doch etwas schreiben, irgendwas! Verdammt, was? Sie schrieb drei Zeilen und eine vierte noch dazu. Dann faltete sie den Bogen schnell zusammen und legte ihn in den Korb, in welchem sie morgen früh Timmi zur Klappe bringen würde. Schließlich legte sie sich wieder todmüde und erschöpft zurück aufs Sofa und konnte doch nicht einschlafen. Immer wieder wälzte sie sich hin und sie wälzte sich her, doch ihre Gedanken ließen sie einfach nicht zur Ruhe kommen. Manchmal hörte sie Timmi, ihren Sohn, wie er schmatzte. Dann weinte sie wieder in das weiche Kissen. Am nächsten Morgen wusch sie sich ihr Gesicht. Mit reichlich

Schaum wusch sie sich ab den schönen Kindertraum und all die Tränen, die sie weinte in der sternenlosen Nacht. Keiner sollte ihre Tränen sehen. Doch ihr Gesicht war so aufgedunsen, dass jegliche Schminke umsonst war. Sie starrte sich an und sie fühlte sich so schuldig und so einsam, ja, einsam auch. Dann nahm sie Timmi und legte ihn in seine schönste Decke und zog ihm die besten Sachen an. Wie ein abgerissenes Stück ihres Herzens legte sie ihn ins Körbchen und lief los. Es war nicht weit bis zur Babyklappe. Die Tränen versteckt und ein künstliches Lächeln im Gesicht lief sie dreimal an der Klappe vorbei. Sollte sie es tatsächlich tun? Jetzt? Nur nicht mehr zu Timmi schauen, oder doch?

Da lag er schlafend in seinem Körbchen. Ob er schon träumen konnte? Sie hatte einige Flaschen Milch danebengelegt. Und auch noch andere Dinge, und diesen Brief. Diesen albernen dummen Brief, diese Entschuldigung vor ihrem eigenen Versagen. Und wieder kroch die Angst in ihr hoch und lähmte ihren Schritt und ihre Gedanken. Sie konnte einfach nicht hineingehen und ihr eigenes Kind dort abstellen. Würde sie nicht ihr eigenes Leben abstellen, dort drinnen, irgendwo im Nirgendwo? Konnte sie überhaupt so weiterleben, danach, nach dieser Tat? War's ein Verbrechen, das eigene Kind wie einen alten Schuh auszusetzen, abzulegen, wegzugeben, einfach so? Noch hatte sie die Wahl! Doch was war das für eine Wahl? Eine Wahl zwischen Hoffnung und Verdammnis! Eine Wahl zwischen Leben und dem sicheren Seelentod! Eine Mutter, die keine Mutter mehr war? Wirklich keine Mutter? Sie liebte doch auch, wie jede andere Mutter. Sie hatte nur kein Geld und keinen Job! Und keinen Mann. Sie brauchte noch eine letzte Minute Bedenkzeit, eine allerletzte Sekunde noch. Dann würde sie hineingehen. Ganz bestimmt würde sie das tun! Aber nicht jetzt! Sie ging zum Stadtpark, der gleich gegenüber begann und setzte sich weinend auf eine Bank. Sie hatte eine gute Sicht geradewegs hinüber zur Babyklappe. Da bemerkte sie eine fremde junge Frau, die mit einem Körbchen, so wie ihres war, vor der Babyklappe stand. Und sie sah, dass diese Frau sich die Augen wischte, mehrmals, immerzu. Dann griff sie behutsam in das Körbchen, ein allerletztes Mal. Was für ein Anblick. Gleich würde sie hineingehen und … sterben! Da packte sie es plötzlich und sie spürte einen heftigen Stich im Herzen und in ihrer Seele, die nicht erfroren schien. Sie nahm ihr eigenes Körbchen mit Timmi und rannte hinüber zur Babyklappe. Mit einem Ruck riss sie die Tür auf und schrie: „Nein, tun Sies nicht! Sie werden es bereuen! Sie werden sterben! Es ist doch Ihr Kind! Es ist doch Ihres! Es braucht doch seine Mutter!" Die fremde Frau stand an einem Tresen und hatte das Körbchen bereits daraufgestellt. Gerade wollte sie auf einen Knopf drücken, der an der Wand war, vermutlich die Klingel. Doch sie hielt inne, sie drückte nicht. Ein Augenblick der Angst – was würde wohl geschehen? Der Atem beider Frauen stockte. Die Zeit stand still und die Erde drehte sich nicht mehr in jenem schicksalhaften Moment. Die fremde Frau ließ ihren Arm sinken und taumelte. Sonja stand dicht hinter ihr und konnte ihren Herzschlag hören. Ganz instinktiv hielt sie ihre Arme auf und fing die taumelnde Frau darin auf. Und nicht ein Wort fiel, es war so still wie nie – in jenem Moment der Ewigkeit schien nichts mehr zu zählen, nur noch das Leben, das einfache Leben! Als die Frau wieder zu sich kam, drehte sie sich langsam um und Sonja konnte ihr Gesicht erkennen. Sie erschrak, denn die fremde Frau da vor ihr, diese Frau war sie selbst! Wie konnte das nur möglich sein? War sie am Ende schon verrückt geworden? Hatte sie das alles derart mitgenommen, dass sie nun schon Gespenster sah? Sie nahm ihr Körbchen und rannte aus der Klappe hinaus auf die Straße. Und plötzlich wusste sie genau, was sie wollte! Alles schien so klar! Sie wollte es allein schaffen! Und sie wusste, dass sie es schaffen würde. Sie schaute zu ihrem kleinen Sohn, der noch immer friedlich schlief. Er hatte nichts von alledem mitbekommen. Er lag nur da und schlief. Welch ein Friede zog da in ihr Herz und in ihre Seele. Und sie sang leise ein Lied:

„Mein lieber kleiner süßer Tim.
Wir schaffen es durch diese Zeit.
Und ist der Weg auch schwer und weit,
wir haben uns, wir sind zu zweit.
Du bist mein Glück, mein Lebenssinn."

Gerade wollte sie noch einmal in die Babyklappe schauen, wie es der seltsamen Frau drinnen ging, da bemerkte sie, dass die Tür verschlossen war. Und nun sah sie auch das kleine Schild, welches an der Tür hing. Dort stand:

Diese Babyklappe ist geschlossen!

Schokoladenweihnachtsmann

Es war kurz nach Weihnachten. Mich hatte eine ziemlich heftige Grippe erwischt und ich lag im Bett. Schon wenn ich aufstand, um etwas zu trinken, fühlte ich mich derart geschwächt, dass ich mich kaum aufrecht halten konnte. Neben meinem Bett hatte ich einen kleinen Nachttisch, worauf ich einige süße Leckereien gelegt hatte. Auf diese Weise erhoffte ich mir, etwas Appetit zu bekommen. Doch es half nichts. Ich fühlte mich schlecht und hatte keinen Appetit. Auch ein großer Schokoladenweihnachtsmann stand auf dem Schränkchen. Immer, wenn die Sonne durch die Jalousien hereinblinzelte, schillerte die Goldfolie, in dem der Weihnachtsmann eingehüllt war, in allen Farben. Lange schaute ich ihn an und eines Abends versuchte ich mein Glück – ich aß ihn auf. Obwohl er sehr gut schmeckte, fühlte ich mich doch noch schlechter als sonst. Jetzt kam auch noch die Übelkeit hinzu, welche die Schokolade erzeugte. In der darauffolgenden Nacht bemerkte ich ein seltsames Geräusch. Es rasselte und klapperte und dann hörte es sich an, als ob jemand durch meine Wohnung schlich. Mir war noch immer furchtbar übel von der Schokolade und ich fühlte mich alles andere als stark. Dennoch stand ich auf und schlich durch die Zimmer. Und tatsächlich, erschrocken entdeckte ich, dass die Wohnungstür aufgehebelt war. Der Einbrecher hatte sie angelehnt, wohl, damit ich es nicht sofort bemerkte. Am Ende des langen Korridors war das klappernde Geräusch am lautesten. Dort vermutete ich den Einbrecher. Leise schlich ich dorthin. Eigentlich konnte ich mich kaum noch auf den Beinen halten. Im Hals krabbelte es und ich fühlte mich fiebrig und schwach. Der Gauner wühlte in einer Kommode herum, erhoffte sich dort vermutlich Geld oder Wertgegenstände. Es war ein großer stattlicher Mann, der mir kräftemäßig ganz sicher haushoch überlegen sein musste.

Was dann geschah, erscheint mir noch heute wie ein furchtbarer Alptraum. Ich riss die Tür auf und stellte mich dem Einbrecher in den Weg. Der wollte sich auf mich stürzen und zog ein Messer aus der Jackentasche. In diesem Augenblick fühlte ich etwas Hartes in meiner Hand. Es sah aus wie eine goldene Kugel. Ich holte aus und schlug damit auf den Einbrecher ein. Der verlor das Gleichgewicht und fiel um. Schnell lief ich zum Telefon und rief die Polizei. Da sich gerade ein Streifenwagen in der Nähe meines Hauses befand, kamen sie sehr schnell. Sie nahmen den Einbrecher fest und einer der Beamten sagte dann mit besorgtem Gesicht: „Da haben Sie aber großes Glück gehabt. Der Mann ist heute Morgen aus der Justizvollzugsanstalt ausgebrochen. Er ist ein mehrfach vorbestrafter Serientäter. Früher war er wohl mal Boxer und niemand konnte ihn bisher festhalten. Im letzten Jahr hatte er sogar einen Juwelier erschlagen."

Ich konnte mein Glück kaum fassen. Ich erinnerte mich, dass ich wohl etwas in der Hand gehalten haben musste, als ich zuschlug. Ich suchte das gesamte Zimmer ab. Und unter einem Schrank entdeckte ich schließlich eine große goldfarbene Kugel. Verblüfft hob ich sie auf und betrachtete sie neugierig. Sie musste aus Metall bestehen, so schwer, wie sie war. Auf dem goldfarbenen Überzug war eine Schrift eingemeißelt: A MARRY CHRISTMAS, PIT.

Ich konnte mich nicht daran erinnern, so etwas je besessen zu haben. Sollte der Einbrecher vielleicht … unmöglich! Als ich zu meinem Bett zurückkehrte, wollte ich das Goldpapier meines Schokoladenweihnachtsmannes wegräumen. Ich nahm die Folie und stutzte. In der Hand des Weihnachtsmannes lag eine große goldene Kugel. Doch das war nicht das Verrückteste an der Sache. Vielmehr war es die Aufschrift, die auf der Kugel glänzte:

A MERRY CHRISTMAS, PIT

Die Quelle

Es war ein ganz normaler Tag im August. Rose war im dritten Monat schwanger und fühlte genau, dass es ein Junge war, den sie gebären würde. Sie und ihr Mann Jim lebten in einem New Yorker Vorort. Sie hatten kein Geld und mussten zusehen, wie sie sich über Wasser hielten. Jim hatte seine Arbeit verloren und fand trotz seines jungen Alters von 20 Jahren keinen neuen Job. Überall wurde er mit der fadenscheinigen Begründung abgewiesen, dass er ja keine anständige Ausbildung vorweisen könnte. Und so reparierte er die Autos der Nachbarn. Allerdings reichte dieses karge Einkommen kaum, um ordentlich satt zu werden. Rose überlegte deswegen, das Kind heimlich abzutreiben und Jim dann zu erzählen, sie hätte es verloren. Doch obwohl sie sich immer öfter mit diesem Gedanken beschäftigte, liebte sie dieses Kind in ihrem Leib. Sie konnte es einfach nicht hergeben. Oft ging sie zu einer alten, längst versiegten Quelle in einem kleinen Wäldchen hinter dem Haus. Und auch an diesem Tage schlenderte sie wieder traurig dorthin. Auf dem Weg dorthin sah sie Plakate an den Bäumen hängen. Offenbar hatte eine Immobilienfirma das Gelände erworben und wollte in Kürze mit der Rodung des Wäldchens beginnen. In den folgenden Jahren sollten dort unzählige Häuser mit Mietwohnungen entstehen. Rose konnte es nicht glauben. Nicht einmal ihren geliebten ruhigen Platz an der Quelle sollte ihr noch bleiben. Warum also der furchtbare Gedanke, das Kind abzutreiben? Sie wollte für immer aus dem Leben gehen. Lange saß sie auf den kühlen Steinen, welche die alte Quelle umrandeten und dachte nach. Sie sah ihre Lieben, ihre Mutter und ihren Vater, die in Pennsylvania lebte, so weit von ihr fort. Sie hatten auch nie das Geld, um sich ein angenehmes Leben zu ermöglichen. Dennoch hatten sie es geschafft, Rose großzuziehen. Und es fehlte ihr beinahe an nichts. Sie hatte immer das, was so viele Kinder aus reichen Elternhäusern vermissten: Liebe. Tränen liefen ihr übers Gesicht. Mit ihren zarten Händen strich sie sich über den Bauch und dachte an ihr Kind. So gern hätte sie es glücklich aufwachsen gesehen. Und sie dachte an Jim. Er würde niemals über diesen Verlust hinwegkommen, Rose und das ungeborene Kleine für immer verloren zu haben. Als sie so nachdachte, bemerkte sie gar nicht, dass ein alter Mann neben ihr saß und sie beobachtete. Dabei lächelte er so liebevoll, wie ihr Vater es immer tat. „Du musst nicht weinen Rose", sprach er mit ruhiger Stimme und Rose erschrak überhaupt nicht über sein plötzliches Erscheinen. Vielmehr freute sie sich über die Anwesenheit des Alten. Er strahlte so viel Ruhe und Verständnis aus. Rose fühlte sich einfach wohl in seiner Gegenwart. Schluchzend erzählte sie ihm ihre Lebensgeschichte. Und sie berichtete ihm von ihren Sorgen und Nöten, und von ihrem grausamen Vorhaben. Der Alte schaute sie nachdenklich an und meinte dann: „Das ist wirklich nicht schön, Rose. Doch Du musst immer daran denken, dass Du es nicht für Dich tust. Denke stets an das, was Du unter Deinem Herzen trägst. Dann wirst Du wissen, was Du tun musst. Es ist ganz wichtig, dass Du das nie vergisst. Niemals darf man aufgeben. Denn wenn wir aufgeben, machen wir es uns leicht. Das Leben jedoch ist nicht leicht, für niemanden." Als er das sagte, lächelte er wieder und nahm Rose an die Hand. Sie spürte eine wohlige Wärme, die sich bis in ihr Herz ausbreitete. So etwas Wunderschönes hatte sie noch nie gefühlt. Plötzlich knisterte es leise und zwischen den Steinen plätscherte Wasser aus der Quelle. Es war so klar und rein, dass Rose den starken Wunsch verspürte, davon zu trinken. Sie beugte sich herunter und trank einige Schlucke von dem eisig kalten Wasser. Doch es war seltsam, es schien, als ob sich ganz neue Kräfte in ihr ausbreiteten. Ein unglaublich starker Wille, alles noch einmal neu zu beginnen, formte sich in ihrer Seele. Sie wusste nicht, woher das kam. Und sie schloss ihre Augen. Vor sich sah sie ihren Sohn, wie er heranwuchs. Sie sah, wie er stolz auf seine Mutter schaute. Und sie sah Jim, wie er in einem Anzug aus einem großen Hause trat. Schließlich sah sie sich selbst, wie sie glücklich über eine riesige Terrasse schritt. Oh, was für ein märchenhafter Traum. So sollte es sein. Doch das Schönste war, dass sie ihren Sohn hatte. Das sie sehen konnte, wie er heranwuchs und sein eigenes Leben aufbaute. Was für ein Gedanke, dieses wunderbare neue Leben in sich zu tragen. Dieses Leben weiter zu geben und zu erleben, wie es eigenständig Entscheidungen trifft. Und all das durch ihre Kraft. Ja, es war wichtig, diese Kraft zu schützen. Langsam öffnete sie ihre Augen und wollte dem alten Mann von ihren wundervollen Traumbildern erzählen. Doch als sie sich umschaute, war er nicht mehr da. Nur die kleine Quelle plätscherte munter vor sich hin. Nun wusste sie, was sie tun musste. Mit dieser neuen Erkenntnis lief sie zum Haus zurück.

Jim kam gerade von einem Nachbarn zurück. Er hatte dessen altes Auto wieder auf Vordermann gebracht. Und er sah glücklich aus. Denn er hatte etwas vollbracht. Als er seine Rose sah, nahm er sie in den Arm. Sie küssten sich und Rose spürte es so deutlich wie noch nie, dass sie es schaffen können.

Rose gebar einen kräftigen Jungen. Es stellte sich heraus, dass die Quelle Heilwasser enthielt. Außerdem fand Jim im Keller ihres alten Hauses längst vergessene Grundbücher. Sie sagten aus, dass sich die Quelle noch auf ihrem Grundstück befand. Das Wasser gehörte also ihnen. Sie verkauften es und schon bald ging es finanziell wieder bergauf. Sie konnten das Haus sanieren und errichteten gleich neben der Quelle ein kleines Heilbad. Auf der großen Terrasse lagen die Kurgäste und erholten sich. Rose dachte an ihren Traum, den sie vor vielen Jahren an genau dieser Quelle hatte. Es schien alles so, wie sie es in diesem märchenhaften Traum gesehen hatte. Ihr

Sohn wuchs heran und wurde ein angesehener Arzt. Er richtete sich im Haus eine kleine Praxis ein. Rose und Jim lebten zusammen mit ihrem Sohn glücklich und zufrieden. Eines Tages kam ein alter Mann als Kurgast in das Heilbad.

Er lag oft in einem der Liegestühle auf der großen sonnenhellen Terrasse. Er blieb sehr lange und eines Tages nahm er Rose an die Hand und sprach: „Man muss sich im Leben manchmal entscheiden. Doch wir dürfen uns niemals fürchten. Wenn wir auf unser Herz hören, dann wird es immer gut ausgehen."

Der Alte verschwand so plötzlich wie er aufgetaucht war. Und Rose wusste in diesem Augenblick, dass sie sich vor vielen Jahren richtig entschieden hatte.

Jobsuche

Lange Zeit war ich auf Arbeitssuche. Doch in meinem kleinen Wohnort fand sich einfach kein Job. Nicht einmal als Hilfsarbeiter wollte man mich haben. So musste ich mich auch in entfernteren Gegenden umschauen. In einer benachbarten großen Stadt hatte ich einen Termin bei einer privaten Arbeitsvermittlung vereinbart. Doch der dortige Sachbearbeiter hatte wohl einen schlechten Tag. Er musterte mich mit verächtlichem Blick und fuhr mich dann an, ihm endlich meine Unterlagen vorzulegen. Ich fand seinen unhöflichen Ton sehr anmaßend. Und eigentlich wollte ich ihm gehörig die Meinung sagen, doch noch hielt ich mich zurück. Jedoch spürte ich, wie mir langsam die eiskalte Wut in den Kopf stieg. Auch der Sachbearbeiter wurde immer ungeduldiger und bösartiger. Jetzt konnte ich mich nicht mehr zurückhalten. Ich spürte, wie sich meine Faust in der Jackentasche zusammenballte, um – weiter kam ich nicht. Hinter dem Stuhl des Sachbearbeiters erschien plötzlich eine mir sehr bekannte Person, meine Mutter. Da mich die hereinfallenden Sonnenstrahlen stark blendeten, glaubte ich an eine Sinnestäuschung. Ich blinzelte, um Genaueres zu erkennen. Und tatsächlich, hinter dem Sachbearbeiter stand wahrhaftig meine Mutter. Ich konnte mir das alles nicht erklären. Wie war das möglich? Wie kam meine Mutter hierher? Sie lächelte mich an und schüttelte mit ihrem Kopf. Plötzlich schien es mir, als ob sie zu mir sprach: „Junge, der ist es doch nicht wert. Lächele ihn an und gebe ihm die Unterlagen. Du wirst sehen, das hilft."

Ich öffnete meine Aktentasche und kramte meine Unterlagen heraus. Dann beugte ich mich über den Tisch und legte sie dem Sachbearbeiter vor die Nase. Meine Mutter stand noch immer hinter dem Sachbearbeiter. Sie nickte zufrieden und verschwand so plötzlich, wie sie gekommen war. Ich lächelte dem launischen Beamten mitten ins Gesicht. Der konnte meine unerwartete Freundlichkeit gar nicht glauben. Vermutlich war er schon so verbittert, dass er gar nicht mehr lachen konnte. Doch als ich ihm freundlich sagte, dass ich gern weitere Dokumente vorbeibrächte, wenn er es wollte, wurde auch er ruhiger. Er lehnte sich schließlich zurück und meinte, dass man ihn ja auch verstehen müsste. Ich nickte und fühlte mich ihm gegenüber vollkommen sicher. Plötzlich erzählte er mir, dass er in Scheidung lag und eigentlich schon lange aufhören wollte, um in eine andere Stadt zu gehen. Als er mich dann fragte, ob ich den Job vielleicht übernehmen könnte, willigte ich sofort ein. Noch am gleichen Tag kündigte er den Job und ich unterschrieb meinen neuen Arbeitsvertrag. Da klingelte mein Handy. Am Telefon war meine Mutter. Sie erkundigte sich, ob alles gut gelaufen sei. Sie meinte, dass sie so einen komischen Traum hatte, in welchem ich in Schwierigkeiten wäre. Ich teilte ihr mein Erlebnis mit und sagte ihr, dass ich einen neuen Job habe. Natürlich freute sie sich riesig. Als wir uns verabschiedet hatten, schaute ich noch einmal auf das Display meines Handys. Ich wollte mich vergewissern, von woher der Anruf gekommen war. Denn noch immer nahm ich an, dass meine Mutter ganz in der Nähe sei. Doch auf dem Display stand die Nummer meiner Eltern. Sie hatte mich von Zuhause angerufen. Und das war ca. fünfzig Kilometer entfernt.

Krimi

Sabine las für ihr Leben gern Krimis. In jeder freien Minute zog sie sich zurück und las. Nachts konnte sie nicht eher einschlafen, bis sie den angefangenen Krimi zu Ende gelesen hatte. An einem wunderschönen Maientag saß sie mal wieder im kleinen Park hinter dem Haus und hatte sich einen neuen Krimi mitgenommen. Gern saß sie hier draußen. Im Sommer konnte man hier in aller Ruhe lesen oder den zwitschernden Vögeln lauschen. Als sie einige Zeilen gelesen hatte, fiel ihr auf, dass die Hauptperson des Krimis ebenfalls in einem Park saß. Sogar das Zwitschern der Vögel und die lindgrün angestrichenen Bänke wurden genauso geschildert wie sie wirklich waren. Sabine musste schmunzeln. Was für eine Ähnlichkeit. Als die Hauptperson jedoch ebenso geschildert wurde, wie sie selbst war, wurde sie nachdenklich. Sogar die Namen glichen sich. Wie konnte das sein? Sie schaute sich das Buch von allen Seiten an, doch der Autor war nirgends vermerkt. „Sei es drum", sagte sie leise und las weiter. Es wurde geschildert, wie aus einem Busch ein dunkel gekleideter Mann sprang und beinahe eine vorbeilaufende Person anfiel. Sabine konnte nicht mehr weiterlesen, zu aufgeregt war sie in diesem Moment. Ein wenig ängstlich schaute sie sich um. Das Zwitschern der Vögel schien verstummt. Nur aus der Ferne vernahm sie leises Donnergrollen.

Dunkle Wolken zogen auf und leichter Regen setzte ein. Zwar hatte sie immer einen Schirm dabei, doch hatte sie keine Lust, noch länger hier zu sitzen. Schnell stand sie auf und wollte zum Haus zurücklaufen. Da entdeckte sie einen dunklen Schatten hinter einem mannshohen Busch. Als sie näherkam, sah sie einen fremden Mann in einem schwarzen Mantel. Sofort dachte sie an ihren Krimi. War da nicht jemand hinterm Busch hervorgesprungen? Hätte sie nur weitergelesen, dann wüsste sie, was zu tun wäre.

Der Fremde schien nur auf sie gewartet zu haben. Wie der Blitz sprang er hervor und baute sich vor Sabine auf. „Was wollen Sie von mir", fragte sie mit zittriger Stimme. Der Fremde reagierte nicht, starrte sie regungslos in einem fort an. Langsam näherte er sich und schien etwas aus der Tasche zu ziehen. Sabine erschrak, es war ein Messer! Nun schien ihr alles egal. „Da vorn, da ist was passiert", schrie sie laut. Der Fremde fuhr herum – auf diese Chance hatte Sabine nur gewartet! Sie nahm ihren Krimi, holte aus und schlug damit dem vermeintlichen Gauner mit aller Kraft auf den Kopf. Benommen sank der zu Boden. Wie von Hunden gehetzt, rannte Sabine davon. Glücklicherweise war es nicht so weit bis zum Haus. Mit flatternden Händen schloss sie die Haustür auf und rannte die drei Stufen hoch bis zu ihrer kleinen Wohnung in der dritten Etage. Dort verbarrikadierte sie sich und blieb minutenlang regungslos hinter der Tür stehen. Atemlos lehnte sie an der Wand. Ihr war übel und das Herz schlug ihr bis zum Hals. Irgendwann hielt sie es nicht mehr aus. Vorsichtig tapste sie zum Fenster. Von hier aus konnte sie den Park sehen. Doch von dem rätselhaften Fremden fehlte jede Spur. Auch das Treppenhaus schien menschenleer. Total erschöpft setzte sie sich auf ihr Sofa. Sie musste erst einmal tief durchatmen, bevor sie überhaupt wieder denken konnte. Dann bereitete sie sich einen heißen Tee und nahm sich noch einmal den seltsamen Krimi zur Hand. Sie wollte unbedingt wissen, wie es für die Hauptperson weiterging. Starr vor Schreck las sie noch einmal all die Erlebnisse, welche sie soeben selbst durchlebt hatte. So etwas konnte doch nicht möglich sein. Was ging hier nur vor? Glücklicherweise stieß der Romanfigur nichts zu. Sie hätte ja nie wieder ihre Wohnung verlassen können. Auf der letzten Seite fand sie endlich den Namen des Autors und mit Schaudern las sie, was dort stand: Sabine Schulz – es war ihr eigener Name!

Verkauf

Es ist eine gute Sache, wenn man Dinge, die man nicht mehr benötigt, irgendwo versteigern oder verkaufen kann. Einschlägige Foren gibt es zur Genüge. Ich hatte vor, mich von einer Lederjacke zu trennen. Sie sah zwar noch recht ordentlich aus, doch leider passte ich nicht mehr hinein. Da sie mal recht teuer war, entschied ich mich, sie in einem dieser Verkaufsplattformen im Internet anzubieten. Und ich hoffte, einen guten Preis dafür zu erzielen. Eine reichliche Woche dauerte es, da meldete sich tatsächlich ein Käufer. Er schrieb mir eine E-Mail, wollte das gute Stück schnellstens anschauen und anprobieren. Das Pfingstwochenende stand vor der Tür und der Käufer meinte zu allem Unglück, dass er nur an den Feiertagen Zeit habe. Leider passte mir das ganz und gar nicht. Pfingstsonntag weilte ich bei einem Freund im Ausland. Und am Pfingstmontag fuhr ich ins Gebirge, um einen wichtigen Termin dort wahrzunehmen. Ich schilderte dem Käufer mein Problem, doch er meinte nur, dass das kleine Bergdorf für ihn gar nicht so weit entfernt wäre. So vereinbarten wir einen Termin in der Pension, in welcher ich mich einmieten wollte. Am Pfingstmontag hatte er Zeit, dorthin zu kommen. Natürlich war ich froh, dass ich die schöne Jacke nicht in irgendeine Altkleidersammlung geben musste. Und ich fand es gut, dass ich den potentiellen Käufer persönlich kennenlernen könnte. Wie vereinbart erschien der

Käufer am Pfingstmontag. Es war ein junger Mann um die Dreißig. Er sagte, dass er als Außendienstmitarbeiter sehr viel unterwegs sei und nur an den Feiertagen Zeit für Privates habe. Die Jacke hatte ihm schon auf dem Foto im Internet sehr gut gefallen. Ich zeigte ihm das gute Stück und er schien begeistert, wollte sie gar nicht wieder ausziehen. Nachdem er mir den vereinbarten Kaufpreis in die Hand gedrückt hatte, lud ich ihn noch auf eine Tasse Tee ein. Er bejahte und wir kamen ins Gespräch. Mir fiel auf, dass er manchmal sehr geistesabwesend war, ja sogar leichte Aussetzer hatte. Ich fragte ihn, ob es ihm nicht gut sei. Doch er meinte nur, dass er sich seit gestern nicht sehr wohl fühlte. Angeblich hatte er so einen merkwürdigen Traum und andauernd ein merkwürdiges Schlagen im Kopf. Natürlich fand ich das mehr als bedenklich, riet ihm, unbedingt einen Arzt aufzusuchen. Doch er winkte nur ab und lachte, als sei alles gar nicht so schlimm. Irgendwann wurde er derart taumelig, dass ich ihm anbot, sich kurz hinzulegen. Er willigte ein. Zwei Stunden schlief er tief und fest. Plötzlich stand er auf, nahm seinen Mantel und seine Aktentasche und verschwand wortlos. Ich rief ihm hinterher, fragte, ob er sich wirklich wieder besser fühlte. Doch er antworte nicht. Vom Fenster aus beobachtete ich, wie er wie geistesabwesend in seinen Wagen stieg und mit quietschenden Reifen und aufheulendem Motor davonbrauste. Da er auch später nicht mehr anrief, nahm ich an, es hätte sich erledigt und er war zufrieden mit seinem Kauf. Am nächsten Morgen hatte ich meinen wichtigen Recherchetermin beim Bürgermeister. Zuvor wollte ich mir im kleinen Pensionsrestaurant noch einen starken Kaffee gönnen. Dazu nahm ich mir die Tageszeitung vor, die auf dem kleinen Bistrotisch herumlag. Ich wollte gerade genüsslich meinen Kaffee schlürfen, da stutze ich. Auf dem Titelbild erkannte ich den jungen Mann, der mir die Lederjacke abgekauft hatte. Darüber las ich die schockierenden Worte: *Dreißigjähriger am Pfingstsonntag tödlich verunglückt.* Ich konnte es nicht fassen. Aber es gab keinen Zweifel, es war hundertprozentig der Käufer der Jacke! Vollkommen verwirrt leerte ich meinen Kaffeebecher und las weiter: Bei strömendem Regen kam sein Fahrzeug von der Fahrbahn ab und stürzte einen steilen Abhang hinunter. Für den Fahrer kam jede Hilfe zu spät. Das konnte doch gar nicht sein – der Mann war doch erst gestern, am Pfingstmontag, bei mir. Ich notierte mir die Telefonnummer der Zeitungsredaktion und rief dort an. Vielleicht, so hoffte ich, sei alles nur ein großer Irrtum und man habe sich lediglich im Datum geirrt. Der Redakteur aber, der den Artikel geschrieben hatte, bestätigte das Datum. Außerdem bemerkte er noch, dass der Unglücksfahrer am Pfingstmontag gar nicht auf dieser Passstraße unterwegs sein konnte, da sie wegen eines plötzlichen Erdrutsches ganztätig gesperrt werden musste. Ich begriff nun gar nichts mehr. Noch einmal schaute ich mir das Foto an. Der junge

Mann, der leblos am Hang lag, war mit einer Plane bedeckt. Doch man hatte wohl nicht bedacht, dass der Wind die Plane ein wenig umgeschlagen hatte. So konnte ich sehen, womit er bekleidet war. Mir stockte der Atem, denn es war die Lederjacke, die er mir abgekauft hatte.

Bist du noch da?

Seit ich denken kann, hielt unsere kleine Familie immer sehr fest zusammen. Ging es mir nicht gut, war Mutter immer für mich da und andersrum war´s ebenso. Gerade in den letzten Tagen erinnerte ich mich an so viele Begebenheiten, die mir so sehr ins Herz gegangen waren.

Ich ging noch zur Schule und musste wohl so um die 10 Jahre alt gewesen sein, da erkrankte meine Mutter sehr schwer. Den Ärzten schien zunächst nicht klar, was es ist. Doch es stellte sich eine heftige Gallenerkrankung heraus und Mutter musste für Wochen ins Krankenhaus. Mein Vater hielt sich seit meiner Geburt im Ausland auf und konnte nicht mehr in die DDR zurückkehren. So zog mich Mutter allein groß. Dabei half ihr meine Großmutter wie sie nur konnte. Auch als sie ins Krankenhaus musste, war Großmutter für mich zuständig. Sie kümmerte sich rührend um mich und mir fehlte es an nichts. Dennoch vermisste ich Mutter sehr. Ich hing sehr an ihr, wollte mir gar nicht vorstellen, wie es wohl wäre, wenn sie nie mehr zurückkäme. Großmutter zerstreute meine Ängste und nahm mich am Wochenende immer an die Hand. Dann gingen wir in den Park, um von dort zum nahen Krankenhaus zu schauen. Da Mutter wegen ihrer schweren Operation lange Zeit keinen Besuch empfangen durfte, postierten wir uns an der Hecke vorm Krankenhaus. Das Fenster von Mutters Krankenzimmer befand sich gleich hinter dieser niedrigen

Hecke, und so konnten wir genau beobachten, ob Mutter am Fenster war oder nicht. Jedes Mal, wenn wir in den Park aufbrachen, war ich aufgeregt und zittrig. Es war die Freude, endlich wieder Mutters Gesicht zu sehen. Und wenn wir an der Hecke standen und warteten, rief ich ganz leise: „Mama, bist Du da?" Dann öffnete sich vorsichtig das kleine Fenster und Mutters lächelndes Gesicht schaute hindurch. Sie war froh und doch traurig, weil sie nicht bei ihrer Familie sein konnte.

Viel später erfuhr ich, wie schlecht es um sie stand. Doch angesehen habe ich es ihr nie. Sie wollte wohl nicht, dass ich mir Sorgen machte. Und Großmutter erzählte nicht sehr viel über ihre Krankheit. Sie meinte nur, dass Mutter ja bald wieder nach Hause kommen könnte. Ja, und so vergingen die Wochen. Irgendwann war es dann soweit, Mutter wurde entlassen.

Zusammen mit Großmutter holte ich sie vom Krankenhaus ab. Weinend lagen wir uns in den Armen und drückten uns. Wir konnten uns gar nicht mehr loslassen, so sehr hatten wir uns vermisst. Und ich sagte nur leise: „Mama, bleibst Du jetzt da?" Dann nickte sie lachend und meinte, dass sie nun nie wieder fortmüsste. Und Großmutter streichelte mir übers Haar und meinte nur: „Es wird immer alles gut, wenn man nur ganz fest daran glaubt."

Die Jahre vergingen und ich wurde groß. Vielleicht auch ein wenig erwachsen, wer weiß. Doch meine Kindheit bewahrte ich stets ganz tief in mir drin. Ich wollte sie nie verlieren, wie auch all die zahlreichen Erinnerungen an unsere kleine Familie. Längst hatten wir Großmutter verloren. Längst hatte ich einen Beruf erlernt und musste mir auf diese Weise mein Brot verdienen. Nicht immer ging es glatt und manche Jahre waren schwer und äußerst entbehrungsreich. Doch wenn ich abends im Bett lag, dann nahm ich das Bild von meiner Mutter vom Nachttisch und schaute es lange an. Und jedes Mal fragte ich leise weinend: „Mama, bist Du noch da?"

Dann glaubte ich, Ihre warme Stimme zu hören, die sagte: „Aber ja, mein Junge, ich bin noch da." Erst dann konnte ich zufrieden und erleichtert einschlafen.

Eines Tages ging es mir gar nicht gut. Ich wusste nicht, was mir fehlte. Ich erbrach mein Essen und fror, obwohl es Dreißig Grad im Schatten hatte. Vor lauter Angst war ich zu Mutter gefahren. Ziemlich genau wusste ich, dass sie von meinem Gejammer nicht viel hielt und mich dennoch pflegen würde. Doch es wurde immer schlimmer. Mutter zeigte es nicht, aber sie war sehr besorgt. Ich pendelte ständig zwischen Bett und Toilette. Selbst der Kamillentee wollte nicht drinbleiben. Erst in den Nachtstunden kam ich etwas zur Ruhe, wenngleich nur vor lauter Müdigkeit. Mutter blieb an meinem Bett sitzen und hielt meine Hand ganz fest. In diesem Augenblick spürte ich so eine seltsame, unerklärliche Kraft, die in mich überging. Und ich fragte leis: „Mama, bist Du noch da?" Ich spürte plötzlich, wie sie meine Hand noch fester an sich drückte und dabei sagte: „Aber ja, mein Junge, ich bin noch da."

Es war wie ein Zauber, doch am nächsten Tag ging es mir bereits wieder so gut, dass ich nicht mehr im Bett liegen musste. Ich war Mutter so unendlich dankbar, dass sie immer da war für mich. Und ich war dennoch traurig, dass ich es ihr nie richtig danken konnte. Doch wenn ich ihr das sagte, meinte sie nur kopfschüttelnd: „Aber Junge, Du brauchst mir doch nicht zu danken. Es ist das Allerschönste für mich, wenn Du nur da bist. Mehr brauche ich nicht von Dir. Spar Dir Deine Geschenke. Bleib gesund und mach was aus dem Tag, dann bin auch ich glücklich."

Als sie das sagte, schaute sie mich mit ernster Miene an und ich bemerkte sofort, dass sie das mehr als ernst gemeint hatte. Ich wusste, dass sie rechthatte. Und ich wollte auch nie so schäbig enden, wie so mancher, der nie da ist für seine Eltern und am Ende seine eigene Mutter noch in ein Pflegeheim steckte, weil er zu faul war, ihr im Alter behilflich zu sein. Mutter wusste das genau. Doch ich fühlte mich oft nicht so gut, wenn ich mal wieder mit leeren Händen zu ihr kam. Als es einmal große Schwierigkeiten mit sehr bösartigen Menschen in Mutters Haus gab, wollte ich mich revanchieren. Es war wirklich eine harte Zeit. Denn diese Menschen, die offenbar nie viel Liebe und Zuneigung von ihren Eltern mitbekommen hatten und nichts anderes mit ihrem Leben anzufangen vermochten, außer

Neid und Wut zu schüren, brachten uns bald an unsere Grenzen. Ich versuchte, für Mutter zu kämpfen, wollte immer für sie da sein in diesen schweren Stunden. Ich wollte, dass sie sich niemals allein oder allein gelassen fühlt. Und immer, wenn ich zu ihr kam, drückte ich sie fest an mein Herz und sagte leise: „Mama, bist Du noch da?" Dann hielt sie mich fest in ihren Armen und flüsterte nur: „Aber natürlich mein Junge. Wir lassen uns doch nicht unterkriegen. Wir sind doch wer." Dabei konnten wir unsere Tränen nicht zurückhalten. Und wir spürten die Stärke in uns, die Kraft, die uns zusammenhielt. Eine unbändige Kraft, die so tief in uns verwurzelt war, dass sie keiner antasten konnte. Wir überstanden auch diese Zeit. Und wir erinnerten uns an so viele durchlebte Zeiten, an die guten und auch an die schweren. Selbst dann, wenn ich auf meinen langen Reisen an unsere kleine Familie denke, dann höre ich noch heute, wie Mutter leise zu mir spricht:

„Mein lieber Sohn, bist Du noch da?"

Da sind so viele Jahre,
die wir zusammen warn
Dass ich sie mir bewahre,
nur darauf kommt es an

Die alten Fotos zeugen
von uns, von unsrer Zeit
Da gab´s so viele Freuden,
auch Ängste und viel Leid

Und wenn ich abends heimlich
mit meinem Teddy wein,
dann ist´s mir gar nicht peinlich
Dann bin ich nicht allein

Gemeinsam war die Reise
so liebevoll und klar
Und immer fragt´ ich leise:
„Sag Mutter, bist Du da?"

Schiffsreise

19. Juli 1955

Es war ein stürmischer Morgen, an welchem Jane Aura ihre Schiffsreise von New York nach Hamburg antrat. Lange hatte sie für diesen Urlaub gespart. Und viele harte Jahre hatte sie durchlebt. Doch all das lag lange hinter ihr. Das majestätische Schiff lag am Kay und viele Passagiere gingen an Bord. Jane hatte eine Außenkabine gebucht und der Kapitän begrüßte sie mit einem herzlichen Handschlag. Immerhin hatte sich Jane verdient gemacht. Sie war eine bekannte Autorin von diversen Liebesromanen. Jane machte es sich so richtig bequem in ihrer Kabine. Als sie ihre Sachen in dem kleinen Schränkchen verstaut hatte, legte sie sich aufs Bett und schloss verzückt ihre Augen. Sie sah sich schon auf hoher See und die Sonne lachte von einem makellos blauen Himmel auf sie herab. Die Reise begann und dutzende Menschen winkten am Pier dem ablegenden Schiff hinterher. Langsam wurde auch das Wetter etwas besser. Und wie in ihrem wunderschönen Traum kam nun auch die Sonne hinter den Wolken hervor. Jane ging aufs Achterdeck, um sich in einen Liegestuhl zu legen. Sie hatte sich ein Buch mitgenommen. Das Rauschen des Wassers und der kühle Wind ließen sie alle Sorgen vergessen. Ungefähr eine Stunde war das Schiff unterwegs, da wurde das Wetter unerwartet schlechter. Sturm kam auf und durch das umherstiebende Wasser konnte man kaum noch etwas erkennen. Bedenklich schwankte das Schiff auf den hohen Wellen hin und her. Jane hatte ihren Liegestuhl verlassen und war in ihre Kabine zurückgekehrt. Irgendjemand rannte durch den Gang vor ihrer Kabine und rief etwas von „Schwimmwesten anlegen!" Jane schaute aus dem Bullauge hinaus auf die tobende See. Sie konnte es nicht glauben, sollte ihr wundersamer Traum von einer erholsamen Seereise schon wieder zu Ende sein?

Es wurde immer dunkler und heftige Blitze zuckten übers Wasser. Plötzlich gab es einen ohrenbetäubenden Knall. Danach beruhigte sich die See wieder und sogar die Sonne kehrte zurück. Jane war erleichtert, legte ihre Schwimmweste ab und ging zurück aufs Achterdeck. Außer ihr befanden sich noch der Kapitän und der erste Offizier an Deck. Die beiden schienen Jane nicht bemerkt zu haben. Aufgeregt redete der Kapitän auf den Offizier ein. Jane verbarg sich schnell hinter einem Rettungsboot und versuchte, etwas aufzuschnappen. „Sie können das keinem der Passagiere sagen", hörte sie den Kapitän sprechen, „aber warum haben Sie denn den Funkkontakt verloren? Sind die Funkgeräte kaputt?" Jane verstand nicht so recht, worum es wirklich ging. Und wieso funktionierten die Funkgeräte nicht mehr? Gab es etwa Schwierigkeiten? Sie versuchte, näher an die beiden heran zu gehen. Doch dazu musste sie ihre Deckung hinter dem Rettungsboot aufgeben. Das wollte sie unter keinen Umständen riskieren. Zu neugierig war sie schon geworden. Vielleicht erfuhr sie ja noch, was überhaupt los sei. „Wir müssen es versuchen", sagte der Kapitän, „Sie werden uns aus dem Bermudadreieck herausführen. Immerhin haben wir eine Menge guter Technik an Bord." Damit trennten sich die beiden. Der Kapitän verließ über eine Treppe das Deck und der Offizier verschwand hinter einer kleinen Seitentür. Jane wusste nicht so recht, was sie zu all dem sagen sollte. Befanden sie sich in Seenot? Aber warum wurde das vor den Passagieren geheim gehalten? Und, wo waren überhaupt die anderen Passiere? Auf dem Weg zum Achterdeck hatte sie keinen getroffen. Und auch jetzt schien das Schiff menschenleer zu sein. Aufgeregt lief sie zurück zu den Passierkabinen. Immer wieder klopfte sie an die Türen der einzelnen Kabinen, doch keiner öffnete. Eine Kabinentür war weit geöffnet, aber die Passagiere waren nirgends zu sehen. Jane spürte, wie etwas Eiskaltes von ihr Besitz zu nehmen schien, die Angst! Ein lichtes Zittern überkam sie. „Nur jetzt nicht verrückt machen lassen", schwor sie sich und beschloss, den Kapitän aufzusuchen. Doch als sie auf der Brücke eintraf, war diese ebenfalls verlassen. Kein Kapitän, kein Steuermann, kein Erster Offizier, nur Schweigen! Wo waren all die vielen Menschen? Und wo befand sich der Kapitän? Ängstlich und vollkommen irritiert lief sie zu ihrer Kabine zurück. Erst als sie die Tür von innen verschloss, fühlte sie sich einigermaßen sicher. Doch das flaue Gefühl in der Magengegend blieb. Sie kramte ihre mitgebrachte Hausapotheke aus dem Koffer und schluckte zwei Beruhigungstabletten. Übermannt von den Ereignissen legte sie sich ins Bett und schlief ein. Als sie erwachte, war es stockdunkel um sie herum. War der Strom ausgefallen? An der Wand tastete sie einen Schalter. Der ließ sich betätigen und das Licht schaltete sich ein. Augenblicklich verharrte sie für eine Sekunde – um sie herum war es totenstill. Das bekannte Motorengeräusch fehlte. Jane schaute aus dem kleinen Bullauge. Draußen war es Nacht geworden. Offenbar hatte das Schiff längst angelegt, nur wo? Sie packte ihren Koffer und schlich sich vorsichtig aus ihrer Kabine. Vielleicht konnte sie ja das Schiff verlassen. Keine Minute länger wollte sie auf diesem unglücksseligen Kahn verbringen. Als sie am Ausgang stand, schaute sie noch einmal zurück. Und auch jetzt konnte sie keine Menschenseele entdecken. Über eine breite Gangway schritt sie in eine große gläserne Halle hinein. Und plötzlich waren da hunderte Menschen. Sie liefen alle wild durcheinander und lachten und unterhielten sich. Außerdem waren sie alle recht merkwürdig gekleidet. Die meisten trugen enge blaue Hosen und seltsame bunte Jacken. Einige hielten sich komische kleine Kästchen an die Ohren und sprachen unentwegt und heftig gestikulierend dort hinein. Andere wieder saßen auf langen Sitzreihen und schauten auf riesige Bildschirme, auf denen Filme gezeigt wurden. Wieder andere hatten seltsame Knöpfe im Ohr und wirkten irgendwie apathisch, sangen leise vor sich hin. Dazu plärrte überlaute Musik aus dutzenden silberfarbenen Lautsprechern. Überall an den Wänden und sogar von der gläsernen Decke hingen riesige flache Bildschirme mit unzähligen Zeitanzeigen – es flackerte und blinkte buchstäblich in jeder Ecke!

Jane waren dieser unerwartete Tumult und die plötzliche Hektik einfach zu viel. Sie wollte zurück auf ihr Schiff. Doch als sie an der Gangway eintraf, war ihr Schiff verschwunden. Dafür drängelten sich unzählige Menschen mit ihrem Gepäck um sie herum. Irgendwann kam sie an einer riesigen Uhr vorüber. Dort wurde die genaue Zeit und das aktuelle Datum angezeigt. Es war der 21. Juli 2015!

Lawine

Ich war unterwegs von Zwickau nach Aue, einer hübschen Stadt im Erzgebirge. Ungefähr eine halbe Stunde durfte die Stadt nur noch entfernt sein, doch das Schneetreiben wurde immer heftiger. Und plötzlich kam es so, wie ich es mir schon dachte! An einem steilen Hang, in der Nähe eines dichten Waldes, mitten auf der Straße hatte sich eine meterhohe Schneewehe aufgetürmt. Vermutlich war ich das erste Fahrzeug, welches auf diese unüberwindliche Barriere traf. Nervös schaute ich in den Rückspiegel. Da es schon dämmerte und das Schneetreiben immer dichter wurde, konnte ich nichts erkennen. Ich versuchte, rückwärts zu fahren. Doch mein Trabbi schlingerte mit laut aufheulendem Motor durch den Schnee und rutschte schließlich in den Straßengraben. Da lag ich also nun, irgendwo, und der Schnee deckte langsam mein Auto zu. Mein Termin in Aue rückte näher und näher. Und mir wurde klar, dass ich ihn nicht mehr einhalten konnte. Damals gab es noch keine Handys und mein uraltes Autoradio rauschte nur laut. So blieb mir nichts weiter übrig, als zu warten. Vielleicht drang ja irgendwann ein Fahrzeug bis hierher durch. Doch meine Hoffnung blieb vergebens. Ich schaute auf meine Armbanduhr – eine geschlagene Stunde lag ich nun schon im Graben und niemand kam. Mühsam drückte ich die Autotür auf. Sie ließ sich lediglich einen winzigen Spalt öffnen. Die dicke Schneedecke verhinderte, dass sie sich weiter öffnen ließ. Glücklicherweise hatte ich meinen Anorak angelassen als ich losfuhr. Ich schnappte meine Handschuhe und meine Aktentasche und stapfte Schritt für Schritt durch den meterhohen Schnee hinauf auf die Straße. Unterdessen war es stockdunkel geworden und der eiskalte Wind blies mir die Schneewolken ins Gesicht. Sollte ich weiterlaufen? Sollte ich mich nicht doch wieder ins Auto setzen und abwarten? Ich wusste es nicht. Nach einigen Metern entdeckte ich ein Verkehrsschild. Ich befreite es vom Schnee und las, dass in vier Kilometern eine Ortschaft kommen müsste. Vier Kilometer – bei diesem Schneetreiben mehr als eine Herausführung. Ich konnte kaum atmen, so dicht wehte der Schnee. Plötzlich vernahm ich ein lautes Knacken aus dem Wald neben der Straße. Augenblicklich blieb ich stehen. In diesem Moment bereute ich es, nicht im Auto geblieben zu sein. War das ein wildes Tier, oder? Ich verbat mir, den Gedanken weiterzudenken, dennoch liefen die gespenstischsten Bilder vor meinem inneren Auge ab. Schon sah ich einen bewaffneten Räuber zwischen den Bäumen hervorspringen. Doch nichts dergleichen geschah. Es blieb ruhig. Langsam lief ich weiter. Allerdings mit gespitzten Ohren. Und tatsächlich, nach wenigen Metern knackte es erneut. Wieder blieb ich stehen. Das Knacken wurde lauter und nun vernahm ich sogar eine Stimme. Ich wollte mich schon in den tiefen Schnee des Straßengrabens fallen lassen, da verstand ich die Worte:

„Warten Sie doch, laufen Sie doch nicht weg!"
Zaghaft drehte ich mich um und blinzelte in den pechschwarzen Wald hinein. Langsam hoben sich die Umrisse einer Person ab. Kurz drauf stand eine alte Frau vor mir. Sie war in eine lange dicke Felljacke gehüllt und ging am Stock. Sie schaute mich an und kicherte leise. Dann meinte sie: „Na junger Mann, haben Sie sich verirrt?" Ich nickte mehrmals und sagte dann, dass mein Trabbi nicht weit von hier im Straßengraben liegen geblieben sei. Die Alte schüttelte vielsagend mit dem Kopf. Dabei fiel der Schnee von ihrer dicken Fellmütze. „Am besten ist, Sie kommen hinter mir her. Da können Sie sich nicht verlaufen. Ich kenne den Weg", sagte sie mit zitternder Stimme. Sie wartete meine Antwort gar nicht erst ab, drehte sich um und ging los. Langsam spürte ich, wie die Kälte meine Kleidung durchdrang und folgte ihr. Woher der schmale, fest getrampelte Pfad durch den dichten Wald kam, wusste ich nicht. Vielleicht war die Alte schon öfter hier entlanggelaufen. Wortlos stapften wir durch den Wald und erreichten schließlich eine winzige Holzhütte. Sie war über und über von Schnee bedeckt und schmiegte sich an eine dicke Eiche. Die Alte stieß die Holztür auf und rief: „Hereinspaziert!"
Ich hatte es wohl gar nicht bemerkt, doch als ich eintrat, brannten Kerzen auf einem schmiedeeisernen Leuchter. Auch ein Feuer loderte im Kamin, der vor zwei gemütlichen Sesseln vor sich hin knisterte. Ich fühlte mich sofort wohl und

behaglich. Die Alte schien an alles gedacht zu haben. Auf dem dunklen Holztisch standen eine Kanne und zwei Tassen. „Ich habe vorhin schon Tee gekocht. Hier, trinken Sie erstmal."

Dabei schenkte sie den dampfenden Tee in die leicht gesprungenen Porzellantassen. Auf dem Kamin stand eine Platte mit köstlichen Broten. Ich konnte es nicht glauben, Käsebrote, wie ich sie mochte. Nachdem ich mich gestärkt hatte, erzählte ich ihr von meinem Leben. Ich berichtete ihr, dass ich heute einen wichtigen Termin verpasst habe und dass ich diese Tätigkeit ohnehin nicht sonderlich mochte. Die Alte hörte mir nachdenklich zu. Dann stand sie auf und meinte: „Ach wissen Sie, es kommt doch gar nicht darauf an, was wir tun. Wichtig ist doch nur, dass wir weiterleben können und uns an den schönen Dingen, die uns der Tag bereithält, erfreuen können. Atmen, die Sonne sehen, das Wasser spüren, ist das nicht Leben genug?"

Mit diesen Worten schaute sie mich mit großen Augen an. Dann nahm sie die Teekanne und schenkte mir noch einmal nach. Ich wusste einfach keine Antwort auf das, was sie mir sagte. Hatte sie nicht recht mit alledem? Natürlich konnte ich früh aufstehen und die Sonne sehen, und den Regen auch, und die Vögel konnte ich zwitschern hören, wenn sie da waren. All diese Wunder nahm ich so selbstverständlich hin.

Die Alte schien meine Gedanken gelesen zu haben und lächelte. „Sehen Sie, Sie wissen es doch ganz genau. So lange wir all das können, und

121

dürfen, dann sollten wir doch glücklich sein. Machen Sie einfach weiter. Irgendwann kommt auch für Sie mal etwas anderes, Sie werden sehen, es wird immer alles gut."

Ihre letzten Worte vernahm ich nur noch im Halbschlaf. Ich war derart müde geworden, dass ich in dem gemütlichen Sessel vorm Kamin einschlief. Irgendein lautes Geräusch quälte mich. Es hörte einfach nicht mehr auf. Langsam erwachte ich. Durch das geöffnete Fenster drang Vogelgezwitscher und heller Sonnenschein. Wo war ich? Stück für Stück kehrten die Erinnerungen an die gestrige Nacht zurück. Die verschneite Straße, mein Auto im Straßengraben, die Alte, diese sonderbare Hütte – ja, ich war tatsächlich noch in der Hütte. Doch wo blieb die Alte? Ich schaute mich um, suchte nach irgendeinem Lebenszeichen. Alles sah so merkwürdig aus, ganz anders als letzte Nacht. Selbst das Fenster, welches ich zunächst für geöffnet hielt, hing schief in den Angeln, und die Scheibe war zerbrochen. Ich stand auf und entdeckte weder einen Tisch noch die beiden Sessel. Mein Nachtlager befand sich auf einem verwitterten Baumstamm. Und einen Kamin gab es überhaupt nicht, wie konnte das nur sein? Ich lief durch die kleine Hütte und schaute überall nach. Doch weder die Alte noch eine Teekanne oder die Tasse, aus welcher ich gestern Nacht getrunken hatte, fand ich noch. Die ganze Hütte war leer und verwüstet. Außerdem war es bitterkalt. Ich zog meinen Anorak über und lief in den Wald hinaus. Selbst der schmale Trampelpfad war nicht mehr vorhanden. Aber vielleicht hatte ja nur der starke Schneefall den Weg unter sich begraben?

Irgendwann kam ich zur Straße zurück. Dort standen mehrere Polizeiwagen mit hell aufflackernden Blaulichtern. Überall liefen Polizeibeamte umher. Ich konnte mir nicht erklären, was das alles zu bedeuten hatte. Und wo war mein Fahrzeug? Ich fragte einen Beamten, ob man mein Auto irgendwo gefunden habe. Der schüttelte nur mit dem Kopf und meinte dann: „Gestern Nachmittag ist hier eine Lawine von einem steilen Hang neben dem Waldstück niedergegangen. Sie hat alles unter sich begraben. Vermutlich befindet sich auch Ihr Fahrzeug unter dem Schnee. Wir suchen noch immer alles ab – das kann dauern!"

Später erfuhr ich aus der Zeitung, dass die Lawine am Nachmittag des Tages, an dessen Abend ich im Straßengraben landete, niedergegangen war. Auch mein Fahrzeug wurde von den Schneemassen verschüttet. Ich konnte mir das nicht erklären, da ich ja erst abends mit meinem Fahrzeug dort eintraf. Wie war das nur möglich? Wäre ich von der Lawine getroffen worden, als ich noch im Fahrzeug saß, wäre ich vermutlich irgendwann erstickt! Oder haben sich die Polizeibeamten nur in der Zeit geirrt? Auch ein Todesopfer hatte es gegeben. Das Foto einer unbekannten Person, die sich in der Nähe aufgehalten hatte, war abgebildet. Man erhoffte sich von den Lesern, die Identität der Person aufzuklären. Ich konnte es nicht fassen – ich erkannte die Person sofort. Es war die alte Frau, die mich zu ihrer Hütte mitgenommen hatte.

Lederjacke

Was für ein wunderschöner Sommertag! Die
Sonne brannte und ich konnte nach endlosen
tristen Regentagen endlich mal wieder mit meinem Fahrrad durch die Natur radeln. Hier draußen auf dem Lande konnte man sich wahrhaft
erholen vom Stress und der Arbeit in der Stadt.
Ich genoss es und war wirklich jeden Tag an der
frischen Luft. An diesem Tag wollte ich zu einer
alten Burgruine radeln. Ich fuhr bis zum Berg,
auf der die Burgruine stand. Der Berg aber war
viel zu steil, um weiterzufahren. So schob ich das
Rad die restlichen Meter.
Irgendwann blieb ich stehen, um ein wenig aus-
zuruhen. Durstig lehnte ich mich an einen Baum
und nahm einen heftigen Schluck aus der Trink-
flasche. Da fiel mein Blick auf etwas Graues hinter dem Baum. Ich steckte die Flasche ans Rad
zurück und schaute nach. Im Moos lag eine Lederjacke. Vermutlich hatte sie jemand hier verloren, denn sie sah nicht so aus, als ob sie wegge-
worfen sei. Ich hob sie auf und betrachtete sie.
Sie war recht modisch geschnitten und ich hatte
den Verdacht, dass sie mir passen könnte. Allerdings entdeckte ich einen langen Riss, der im
rechten Ärmel klaffte. Bevor ich sie anprobierte
wollte ich mich vergewissern, dass sie nicht doch
jemandem gehörte, der sich vielleicht ganz in der
Nähe aufhielt. „Hallo, ist jemand hier", rief ich
mehrmals unüberhörbar laut. Doch als sich keiner meldete, zog ich mir die Jacke über. Sie roch

zwar etwas muffig aber sie passte wie angegossen. Da es hier am Berg etwas frisch wurde, behielt ich sie gleich an. Der lange Riss im Ärmel störte mich nicht. Nach kurzer Zeit hatte ich mein Ziel, die Burgruine erreicht. Überall standen Bänke, auf denen man verschnaufen und sich ausruhen konnte. Auf einer nahm ich Platz und lehnte mich zurück. Doch plötzlich spürte ich einen merkwürdigen Druck im Kopf. Er wurde immer stärker und mündete in einen heftigen Schmerz. Gerade wollte ich aufstehen, um etwas zu trinken. Doch ich schaffte es nicht mehr. Um mich herum wurde es abrupt stockdunkel und ein lautes Schreien war zu hören. Als sich meine Augen an diese Dunkelheit gewöhnt hatten, fand ich mich in einem feuchten Keller wieder. Nirgendwo befanden sich Fenster. Nur eine flackernde Glühbirne, die kaum Licht verbreitete, baumelte von der Decke. Doch Zeit zum Nachdenken hatte ich nicht. Das Geschrei wurde immer lauter und ich spürte, wie es mir den Angstschweiß auf die Stirn trieb. Ich zitterte und schwitzte derart, dass ich mir schon instinktiv die Lederjacke vom Leibe riss. Doch kaum hatte ich die Jacke vor mir auf die Erde geworfen, wurde es auch schon wieder hell um mich herum und ich saß, als sei gar nichts geschehen, auf der Bank im Innenhof der Burgruine. In diesem Moment wusste ich nicht, was ich davon halten sollte. Verwirrung und auch Angst wechselten sich ab. Zumindest die Kopfschmerzen, die ich eben noch hatte, waren wie weggeblasen. Mir ging es wieder gut. Also etwas Körperliches konnte das soeben Erlebte nicht sein. Ich spürte das. Alle körperlichen Signale strahlten Wohlbefinden aus. In mir kroch eine wage Vermutung hoch. Sollte etwa diese Lederjacke, nein, völlig unmöglich! Das konnte doch gar nicht sein. Was sollte dieser faule Zauber überhaupt. Vielleicht war die Jacke mit irgendetwas behandelt worden, das möglicherweise Halluzinationen bei mir hervorrief. Trotzdem wagte ich nicht, die Jacke noch einmal überzuziehen. Ich hob sie auf und trug sie in der Hand. Der Rückweg gestaltete sich recht einfach – ich brauchte mich nur aufs Rad zu setzen und den Berg hinunter zu rollen. Allerdings ging mir das komische Erlebnis einfach nicht mehr aus Kopf. Was, wenn doch etwas dran war? Vielleicht befand sich ja sogar irgendjemand in großer Not? Ich bremste und blieb stehen. Sah dieser feuchte dunkle Keller nicht aus wie ein Verlies? Ein Verlies in einer alten Burg? Obwohl mir der Gedanke vollkommen abwegig erschien, begab ich mich noch einmal zurück zur Burgruine. Ich schob mein Fahrrad wieder den steilen Berg hinauf und setzte mich noch einmal auf die Bank, auf welcher ich vorhin schon saß. Gedanken flogen mir durch den Kopf, ziemlich wirre Gedanken. Nachdenklich schaute ich mich im Burghof um. In einer dunklen verwinkelten Ecke entdeckte ich eine schmale niedrige Eisentür. Entschlossen schritt ich auf sie zu und klinkte. Zwar war es etwas anstrengend, aber einen kleinen Spalt ließ sie sich öffnen. Vor mir gähnte ein schwarzes Loch, in welches sich eine mehr als schmale Wendeltreppe hinabwälzte. Aus meiner Bauchtasche kramte ich eine kleine Taschenlampe und schaltete sie ein. Vorsichtig und Schritt für Schritt tastete ich mich nach unten. Es wurde immer kälter und auch immer enger. Irgendwann stand ich vor einer weiteren Eisentür. Sie war total verrostet und ich musste mich dagegenstemmen, um sie überhaupt bewegen zu können. Laut knarrend und quietschend gab sie ein wenig nach und ich hatte gerade so Platz, um mich durch den engen Spalt zu quetschen. Der Raum, in welchem ich mich jetzt befand, war schon wesentlich größer und glich einem recht geräumigen Keller. Aber ein Verlies? Nein, ein Verlies war das nicht! Von der Decke tropfte Wasser und es roch muffig und feucht. Plötzlich war es mir so, als hätte ich jemanden rufen gehört. Aber da hier unten ohnehin jeder Schritt ein gewisses Echo erzeugte, glaubte ich an eine Täuschung. Gerade wollte ich wieder zurückgehen, da hörte ich es ganz deutlich. Irgendjemand rief um Hilfe, ich war mir nun ganz sicher! Meter für Meter suchte ich die Wände nach einer Öffnung ab und fand tatsächlich einen winzigen, kaum erkennbaren Spalt. Und hier waren auch die Hilfeschreie am lautesten zu hören. Ich rief, dass ich versuchen würde, hinein zu kommen. Nur wusste ich einfach noch nicht wie. Entweder war die Person auf einem anderen Wege in diesen Nebenraum gelangt oder aber jemand hatte einen großen Stein vor die Öffnung bugsiert. Aber warum? Ein Unfall? Oder Absicht? Noch einmal suchte ich die Wände ab, fand aber nichts. Ich lief wieder nach oben und schaute in der gut überschaubaren Ruine nach einem Zugang. Doch nirgends gab es einen Hinweis auf eine Tür, ein Tor oder gar einen Schacht, der in die Tiefe führte. So blieb nur noch die letzte Vermutung übrig: jemand hatte die Person dort unten eingesperrt und einen großen Stein vor die Öffnung gewälzt. Da ich allein nichts mehr ausrichten konnte, rief ich über Handy die Polizei. Mit schwerer Technik wurde ein großer Felsquader zur Seite gerückt. Dahinter befand sich ein Raum, an dessen Decke lediglich eine Glühbirne flackerte. Alles sah erschreckend aus, fast wie in meiner Halluzination. Bei der Person, die um Hilfe gerufen hatte, handelte es sich um einen reichen Geschäftsmann. Ein Konkurrent hatte ihn unter einem Vorwand zur Burgruine gelockt. Vermutlich hatte er sich diesen Keller gezielt ausgesucht. Allerdings wollte er den Geschäftsmann nur einschüchtern. Er schlug ihn zusammen und ließ ihn einfach dort unten liegen. Unter der Burgruine befand sich jedoch ein alter Bergstollen, der just zu dem Zeitpunkt zusammenstürzte, als der Geschäftsmann im Keller darüberlag. Der Einsturz des Stollens bewirkte, dass ein großes Felsstück zur Seite brach und die Öffnung zum Keller verschloss. Der Geschäftsmann war gefangen. Hätte ich ihn nicht gefunden, wäre er vermutlich bald gestorben. Als es ihm wieder besserging, lud er mich zu sich nach Hause ein. Er berichtete mir, dass der Täter gefasst wurde und sich in Untersuchungshaft befände. Man fand sogar ein Foto, welches er von seinem Opfer kurz bevor er verschwand, geschossen hatte. Ich schaute es mir interessiert an und konnte nicht glauben, was ich da sah. Auf dem Foto hatte der Geschäftsmann die gleiche Lederjacke an, welche ich hinter dem Baum fand. Die graue Farbe und der lange Riss im Ärmel, alles war so, wie bei meinem Fundstück. Auf dem Foto war auch das Aufnahmedatum zu lesen. Es war exakt das gleiche, an welchem ich die Jacke gefunden hatte.

Der Schatz

Tim lebte allein auf dem Land. In seinem kleinen
Dorf geschah nicht sehr viel. Deswegen fiel es
sofort auf, wenn sich etwas veränderte. Es war
im letzten Sommer. Tim war gerade auf dem
Weg zum Briefkasten. Da erschien ein seltsam
gekleideter Fremder im Dorf. Über seinen zer-
schlissenen Hosen trug er einen langen, dunklen
Umhang. Er schien sich verlaufen zu haben und
fragte Tim nach dem Weg zur Dorfkirche. Tim
zeigte ihm den Weg, doch er hatte den Eindruck,
dass ihm der Fremde nicht so recht zuhörte. Immerzu drehte er sich um und schien reichlich
nervös zu sein. Tim konnte sich dieses eigenarti-
ge Verhalten nicht erklären. Doch als er schließlich zielgerichtet das altehrwürdige Gotteshaus
betrat, glaubte Tim, alles sei in Ordnung. Tage
später jedoch sah er den Fremden erneut. Mit
ernster Miene und hartem Schritt lief er an Tims
Häuschen vorbei. Diesmal allerdings erschien
ihm das Verhalten des Fremden verdächtig. Und
so zog er sich seine Jacke über und lief dem
Fremden hinterher. Natürlich musste er sich in
Acht nehmen, dass er nicht entdeckt wurde.
Denn, wenn der Fremde etwas zu verbergen hatte, durfte er ihn nicht bemerken. Tim verfolgte
ihn bis zur Dorfkirche. Und tatsächlich verschwand der Fremde in dem Gebäude. Vorsichtig schlich Tim hinterher und versteckte sich hinter einer dicken Säule. Der Fremde unterhielt
sich angeregt mit dem Pfarrer, wobei er heftig

mit seinen Händen gestikulierte. Es sah beinahe so aus, als ob er irgendetwas beschrieb. Leider konnte Tim kein Wort verstehen. Und so schlich er wieder hinaus und ging nach Hause.

Drei Tage vergingen, doch seine Beobachtungen gingen ihm einfach nicht mehr aus dem Kopf. Auch an jenem Abend lag er wieder in seinem Bettchen und konnte einfach nicht einschlafen. Da öffnete sich plötzlich die Tür und der Fremde stand im Zimmer. Tim bekam einen gehörigen Schreck und sprang aus seinem Bett. „Wie sind Sie hier hereingekommen", stellte er den Fremden zur Rede. „Die Tür war nicht verschlossen und da dachte ich, ich frag mal", druckste der Fremde herum. Die beiden setzten sich und der Fremde erzählte. Er behauptete, dass er gekommen sei, um einen Schatz zu holen. Dieser wäre in der Kirche vergraben und Tim könnte ihm ja bei der Bergung helfen. Tim glaubte zunächst, dass er sich verhört hätte. Doch der Fremde verzog keine Miene. Also schien es wohl zu stimmen. Als der Fremde ihn jedoch bat, sofort mit ihm in die Kirche zu gehen, lehnte er zunächst ab. Doch der Fremde ließ nicht locker, machte es dringend und meinte, dass er schon bald abreisen müsste. Tim ließ sich schließlich auf den verwegenen Wunsch des Fremden ein. Und gemeinsam liefen sie zur Kirche. Als sie vor dem Tor standen, lachte Tim und sagte: „Wir kommen doch gar nicht rein. Wir haben doch gar keinen Schlüssel." Der Fremde aber ließ sich nicht beirren. Mit seiner merkwürdig weißen

Hand berührte er den schmiedeeisernen Türbeschlag. Was dann geschah, erschien Tim wie ein Märchen, wie Magie. Knarrend und quietschend öffnete sich das Tor und wie von Geisterhand entzündeten sich die Kerzen im Innenraum der Kirche. Selbst der Altar erstrahlte in einem gespenstisch düsteren Licht. Vor dem Bildnis Jesu fiel der Fremde auf die Knie und betete. Dann berührte er die Inschrift *INRI* auf dem Kreuz und plötzlich erhob sich der Altar und schwebte zur Seite. Tim starrte auf das Geschehen und hielt sich an einer Säule fest. Er konnte nicht glauben, was er da sah. Aus der Tiefe trat eine kleine glitzernde Truhe hervor. Der Fremde rief Tim zu sich und bat ihn, mit anzufassen. Und erst jetzt wurde Tim klar, dass alles real und wirklich war, was da geschah. Zögernd kam er hinter seiner Säule hervor. Dann hoben sie die schwere Truhe vorsichtig an und stellten sie auf dem Fußboden ab. Der Fremde murmelte ein paar unverständliche Sprüche vor sich hin und der Altar schwebte an seinen ursprünglichen Platz zurück. Dann zog er einen Sack aus seinem Umhang und öffnete die Truhe.

Sie war bis zum Rand mit Goldmünzen gefüllt. Damit füllte er schließlich den Sack und band ihn zu. Tim musste ihm nun helfen, den Sack auf den Rücken zu binden. Das war nicht sehr leicht, denn der Sack war sehr schwer. Als alles getan war, bedankte sich der Fremde bei Tim und verabschiedete sich. Langsamen Schrittes trottete er aus der Kirche. Tim schaute ihm fassungslos hinterher. Als er die Truhe auf dem Fußboden stehen sah, glaubte er, der Fremde hätte sie vergessen. Eilig schloss er den Deckel und lief damit aus der Kirche. Doch als er draußen ankam, konnte er ihn nirgends mehr entdecken. Der Fremde war wie vom Erdboden verschluckt. Später las Tim in einem alten Kirchenbuch, dass vor vierhundert Jahren ein Weiser namens Moga dem Dorf fünfhundert Goldmünzen vermacht hatte.

Der damalige Pfarrer aber galt als gierig und machtbesessen. Er verheimlichte die Schenkung und vergrub den Schatz unter dem Altar. Doch bevor er auch nur eine Münze ausgeben konnte, starb er ganz plötzlich an einer rätselhaften Krankheit. Der Weise wollte den Schatz zurückholen, doch die Kirche stürzte nach einem plötzlichen Erdstoß ein und begrub den Weisen unter sich. Erst im 19. Jahrhundert wurde die Kirche wiederaufgebaut. Doch den Schatz fand man nicht mehr. Neben dem Artikel über den sagenhaften Schatz entdeckte Tim eine Zeichnung. Sie zeigte die Kirche in ihrem damaligen Zustand und eine Person. Tim erkannte sie sofort, denn es war der geheimnisvolle Fremde.

Phantomkutsche

08. September 1899

Fürst Fridolin von Feuerbach hatte sein altes Schloss sanieren lassen. Und das verschlang Millionen. Millionen, die er eigentlich gar nicht besaß. Er musste eine hohe Hypothek auf die gesamte Schlossanlage aufnehmen. Dennoch fühlte sich der Fürst wunderbar. Immer wenn er durch den neu angelegten Schlossgarten schritt und die herrlich erblühenden Rosen betrachtete, wusste er, dass der Entschluss zur Renovierung des Schlosses das Beste war, was ihm je einfiel. Aber der Fürst war auch ein sehr volksverbundener Mann. Sein Schloss, sowie die wunderschönen Parkanlagen durfte jeder bewundern. Und an Feiertagen gab es rauschende Feste mit reichlich Speisen und Getränken für alle Leute. Doch trotz all diesen schönen Dingen schien der Fürst bedrückt und manchmal sehr traurig. Vor zehn Jahren verstarb seine Ehefrau an Krebs. Seit diesem furchtbaren Verlust hatte er sich mit keiner Frau mehr einlassen wollen. Zu sehr hing er an den alten Erinnerungen – und an einer alten Kutsche. In dieser Kutsche fuhren die beiden damals oft durch die Lande und waren sehr glücklich miteinander. Die Kutsche stand in einem großen Pferdestall, hinter einem abgetrennten Verschlag. Der Fürst hatte sie nicht aufarbeiten lassen und niemanden, außer seinen Stallmeister ließ er an das Gefährt heran. Manchmal nachts saß er lange

135

darin und gab sich weinend seinen Erinnerungen an seine so sehr geliebte, verblichene Ehefrau hin. Dennoch, das Volk verlangte nach einer neuen Fürstin. Und so musste er sich wohl oder übel auf Brautschau begeben. Nach einem Jahr fand er endlich eine wunderschöne schwarzhaarige Gräfin, die sich rein zufällig im Schloss als Kammerzofe verdingen wollte. Sie war sehr schlau, aber der Fürst erfuhr niemals, woher sie kam. Doch obwohl sie ihm so gut gefiel, wollte sie keine Kinder. Immer öfter entschuldigte sich der Fürst vor seinem Volk dafür und verkündete, dass die neue Fürstin an einer unbekannten Krankheit litt und deswegen keine Kinder bekommen konnte. Man nahm ihm diese Lüge ab. Und tatsächlich umgab die schwarze Schönheit ein merkwürdiges Geheimnis. Sie war geldgierig und falsch! Hinter dem Rücken des Fürsten tätigte sie so manche krummen Geschäfte. Sie erließ heimlich Verordnungen, die dem Volk noch mehr Steuern abknöpfen sollten als bisher. Als der Fürst dahinterkam, redete sie sich gekonnt heraus. So schob sie Unwissenheit und Schwäche vor ihr böses, eiskaltes Verhalten. Sie meinte, sie habe es nur gut gemeint und wäre darauf bedacht, die marode Stadtkasse wieder aufzufüllen. Das stimmte natürlich nicht. Ganz im Gegenteil. Heimlich traf sie sich mit dem Bankdirektor, der dem Fürst damals den großzügigen Kredit für die Schlosssanierung gewährt hatte. Mit ihrer spitzen Zunge und ihren durchaus üppigen weiblichen Reizen wickelte sie den Bankdirektor ein und begann sogar ein Verhältnis mit ihm. Doch dabei hatte sie nur eines im Sinn: sie wollte die Macht, die Macht über das gesamte Fürstentum! Und so spann sie gemeine Intrigen gegen den Fürsten und brachte den Bankdirektor so weit, dass er eines Tages dem Fürsten den Kredit kündigte. Dem Fürsten hingegen spielte sie die traurige Betroffene vor. Sie sprach mit dem Bankdirektor ab, dass ab sofort sie selbst als Eigentümerin der Schlossanlage eingetragen wird. Dem Fürsten allerdings ging es von Tag zu Tag immer schlechter. Es brach ihm regelrecht das Herz, alles, was seine Vorfahren aufgebaut hatten, vermutlich für immer zu verlieren. Schließlich lag er nur noch wimmernd im Bett und das Volk befürchtete bereits das Schlimmste. Der Fürstin hingegen ging es blendend. Sie besaß nun das Schloss, den Schlossgarten und die alte Kutsche. Und sie plante bereits die Hochzeit mit dem hinterhältigen Bankdirektor. An einem stürmischen Abend ging sie in den Stall und schaute sich dort um. Als sie die alte Kutsche vor sich stehen sah, lachte sie laut und schrill. „Was für ein Schrotthaufen", rief sie laut. Sie öffnete die wackelige Tür und stieg ein. „Und wie das hier riecht, einfach eklig", fauchte sie vor sich hin. Was dann geschah, konnte man später nicht mehr rekonstruieren. Irgendwann wollte die Fürstin wohl wieder aus der Kutsche aussteigen. Doch so sehr sie auch an der Tür rüttelte, sie ließ sich einfach nicht mehr öffnen. Die Fürstin schrie und tobte, doch alles Fluchen war vergebens, die

Tür blieb zu! Mehr noch, die Kutsche setzte sich plötzlich in Bewegung, ganz ohne Pferde. Langsam rollte sie aus dem Stall in das immer heftiger werdende Unwetter hinein. Blitze zuckten, laute Donnerschläge rumorten über der Schlossanlage und Hagel prasselte hernieder. Die völlig verängstigte Fürstin krallte sich an der schmiedeeisernen Klinke der Kutschentür fest. Immer und immer wieder versuchte sie, die Tür doch noch zu öffnen. Doch alle Mühen waren vergebens. Die Kutsche raste über den Schotterweg, der geradewegs in einen angrenzenden dichten Wald führte. Dort löste sie sich einfach in Luft auf und verschwand in einer Nebelwolke.

Am nächsten Morgen erschien der Stallmeister schon sehr früh beim Fürsten und teilte ihm völlig aufgelöst mit, dass die alte Kutsche verschwunden sei. Irgendjemand musste sie aus dem Stall gestohlen haben. Der Fürst rannte in den Stall hinunter und musste den tragischen Verlust zur Kenntnis nehmen. Doch was war das? Als die Kutsche weggefahren war, musste sich eine Truhe, die am Heck befestigt war, gelöst haben. Vermutlich war sie morsch oder die alten Schrauben, mit denen man sie festgeschraubt hatte, waren durchgerostet. Der Fürst betrachtete die Truhe und fragte den Stallmeister, ob er einen Schlüssel dafür besäße. Der schüttelte nur ungläubig den Kopf. Doch plötzlich zog der Fürst eine Haarnadel seiner verstorbenen Frau, die er immer bei sich trug, aus seiner Jackentasche und gab sie dem Stallmeister. „Hier versuchen Sie es doch mal damit", sagte er zu ihm. Der Stallmeister nahm die Haarnadel und steckte sie in das Schloss. Und welch Wunder, unter lautem Knacken und Knirschen sprang es auf. Was die beiden dann zu Gesicht bekamen, konnten sie einfach nicht fassen. Die Truhe war bis zum Rand mit Goldmünzen gefüllt. Einige fielen beim Öffnen des Deckels auf den Boden und kullerten munter zwischen die herumliegenden Heuballen. Die Freude schien grenzenlos. Dem Fürsten und auch dem Stallmeister liefen dicke Tränen übers Gesicht. Wie war es nur möglich, dass über die vielen langen Jahre niemand etwas von diesem Schatz bemerkt hatte? Doch es schien müßig, sich darüber noch den Kopf zu zerbrechen. Fest stand, dass nun genug Geld vorhanden war, um den Kredit bei der Bank abzulösen. Der Fürst bekam 5 Millionen für die Goldmünzen und zahlte davon den Kredit zurück. Es blieb sogar noch etwas übrig, so dass er dem Volk ein neues Badehaus spendieren konnte, in welchem sich die Leute erholen konnten. Erholen von den Strapazen, die ihnen die böse Fürstin bereitet hatte. Die böse Fürstin selbst aber hatte niemand mehr zu Gesicht bekommen. Irgendwann, in einer stürmischen Regennacht erschien die alte Kutsche dann doch wieder vor dem Stall des Schlosses. Sie erstrahlte im hellsten Weiß, welches man sich vorzustellen vermochte und wurde von sechs kraftvollen weißen Pferden gezogen. Es heißt, dass man die ehemalige, schließlich verstorbene Frau des Fürsten darin gesehen habe. Der Fürst, der sie so sehr geliebt hatte, stieg zu und die beiden verschwanden auf Nimmerwiedersehen.

Und wenn man Glück hat, dann erscheint die Kutsche noch heute als Phantom vor der verfallenen Schlossruine. Und darin küssen sich der Fürst und seine Frau, die er nie vergessen konnte.

Gesangsunterricht

Beinahe jeden Tag sang der kleine Kenny aus Maryland, und das sogar in der Schule. Seine Lehrerin Mrs. Waters wollte ihn unbedingt groß rausbringen, weil sie meinte, dass er ein überaus begabtes Talent sei. Seine Stimme war so gut, dass er sogar in einem Musical-Chor in der Schule mitwirkte. Doch der kleine Mann wollte noch viel mehr, zum Beispiel wie die berühmten Sänger auf einer riesigen Bühne stehen und die wundervollsten Lieder singen. Ach, das wäre so schön. Allerdings hatte seine Mami nicht so viel Geld, um Kenny jeden Tag zum Gesangsunterricht schicken. Und eines Tages stand sogar ihr Job auf dem Spiel. Aus diesem Grund wurden vorerst sämtliche Ausgaben, die nicht unbedingt notwendig erschienen, gestrichen. Irgendwann sollte dann auch Kennys Gesangsunterricht wegfallen. Doch wie sollten sie es ihrem kleinen Sohn nur beibringen. Er würde das nie verstehen. Und Mrs. Waters wäre sehr enttäuscht. Aber es musste sein. An einem Samstagabend sprach sie mit ihm. Kenny reagierte traurig, verbiss sich aber tapfer seine Tränen. Schluchzend verzog er sich in sein Zimmer. Er verstand ja seine Mami, die immer alles für ihn getan hatte. Aber wer verstand ihn? Wer wusste schon von seinen großen Träumen, auf einer riesigen Bühne zu stehen und den Applaus der Menschen zu genießen. Als er in sein Bettchen ging, weinte er noch sehr lange in die Kissen. Die ganze Nacht weinte er und nur sein großer Teddybär versuchte, ihn zu trösten. Immer am Sonntag ging er mit seiner Mami in die Kirche. Doch an jenem Sonntag wollte er eigentlich gar nicht mehr mitgehen. Wenn ihn der liebe Gott da oben nicht singen ließe, warum sollte er dann an ihn glauben? Die Mami versuchte ihm klar zu machen, dass es wichtig wäre, in die Kirche zu gehen. Vielleicht hörte der liebe Gott ja seinen Wunsch. Wenn er von Herzen käme, dann würde er irgendwann ganz sicher in Erfüllung gehen. Schweren Herzens trottete Kenny mit. Vor der Kirche standen sehr viele Leute. Alle wollten zum Gottesdienst, auch ein alter Mann, der seinen Hut tief ins Gesicht gezogen hatte. Als Kenny an ihm vorüberging, sprach ihn der Alte an: „Na, Du bist bestimmt der kleine Kenny, wenn ich nicht irre?" Kenny nickte erstaunt mit dem Kopf. Woher wusste der alte Mann seinen Namen? Der Alte schien sich jedoch von Kennys Verwunderung nicht irritieren zu lassen. Er lächelte nur und meinte dann: „Ich weiß, dass Du so gern singst. Wenn Du Lust hast, dann komm doch am Montagnachmittag mit Deiner Mami zu mir. Ich gebe Dir dann kostenlosen Unterricht. Komm einfach hinter die Kirche. Dort werde ich auf Dich warten."

Bei diesen letzten Worten zog der Alte seinen Hut noch tiefer ins Gesicht und verschwand schließlich in der Kirche. Kenny konnte ihn unter all den vielen Leuten nirgends mehr entdecken. Als er seiner Mami davon berichtete, wunderte die sich zwar. Aber sie versprach ihrem Sohn, gleich am Montag mit ihm zu dem alten Mann zu gehen. Vielleicht stimmte es ja, was er Kenny versprochen hatte. Das Wochenende verging und Kenny probte daheim mit seinem MP3-Player emsig das Singen. Zu allen Musikstücken trällerte er einfach mit. Der Montag kam und Kenny musste erst einmal in die Schule. Doch er konnte den Schulschluss kaum erwarten, packte schon Minuten vorher heimlich seine Sachen in die Tasche. Argwöhnisch beobachtete Mrs. Waters sein sonderbares Treiben, fragte ihn jedoch nicht. Als die letzte Stunde endlich vorüber war, rannte Kenny eilig auf den Schulhof. Dort wartete schon seine Mami auf ihn. Zusammen gingen sie zur Kirche. Und tatsächlich, vor einer kleinen Tür hinter der Kirche wartete der alte Mann. Schon von weitem winkte er den beiden zu. „Hallo, hier bin ich", rief er laut. Er begrüßte die zwei und bat sie in einen kleinen Raum. Dort stand ein altes zerschundenes Klavier. Der Alte setzte sich an das Musikinstrument und spielte. Dazu sang er die wunderschönsten Lieder. Kenny konnte nicht glauben, was er da erlebte. So etwas Wunderschönes hatte er noch nie gehört. Als der Alte das Lied beendet hatte, bat er Kenny, zu ihm ans Klavier zu kommen. Er instruierte ihn, was er zu tun habe und übte mit Kenny die Tonleitern und so viele andere Dinge mehr. Kenny fühlte sich großartig, spürte unendliche Kraft und Ausdauer in sich. Eine Ausdauer, die er bis dahin nie gekannt hatte. Er wuchs förmlich aus sich heraus. Auch die Mami staunte und war sehr stolz auf ihren kleinen Sohn. Ihn so wundervoll singen zu hören, nein, das hätte sie wahrlich nie geglaubt. Die Probe dauerte etwa zwei Stunden. Dann meinte der Alte, dass Kenny am nächsten Tag wiederkommen könnte, wenn er es wollte. Gesagt, getan! Die ganze Woche übte Kenny mit dem alten Mann, und danach noch drei Monate. Am letzten Tag schließlich sagte der Alte traurig: „Tja Kenny, Du hast Dich großartig geschlagen, jetzt bist Du fit. Du kannst Dich beim Schulwettbewerb der jungen Talente bewerben. Du wirst sehen, Du wirst ein richtig großer Star. Nun wünsche ich Dir viel Glück." Als er diese Worte sprach, hatte er Tränen in seinen Augen. Kenny fragte ihn neugierig, warum er weinte. Doch der Alte wischte sich nur mit der Hand übers Gesicht und meinte dann: „Wir können uns nicht wiedersehen. Ich konnte Dir nur jetzt zur Seite stehen. Nun musst Du selbst weiterkämpfen. Aber Du darfst niemals vergessen, Du bist gut, Du kannst es und wirst es allen zeigen! Doch jetzt lebe wohl." Damit warf er sich seinen langen schwarzen Mantel über, zog den Hut tief ins Gesicht und verschwand aus der Kirche. Eine kleine Weile stand Kenny sprachlos am Klavier. Wie hatte das der Alte nur gemeint – warum durfte er nicht länger hier sein? Weil er sich auf die letzten Worte des Alten keinen Reim machen konnte, rannte er ebenfalls aus der Kirche. Doch so sehr er sich auch umschaute, der Alte war nirgends mehr zu sehen. Mit hängendem Kopf lief Kenny um das Kirchengebäude herum, bis er vor dem Haupteingang stand. Mutig schritt er in das Gebäude und blieb vor dem Altar stehen. An einem hölzernen Pult stand der Pfarrer und bereitete vermutlich gerade den nächsten Gottesdienst vor. Kenny erkundigte sich bei ihm, ob er vielleicht den alten Mann gesehen habe, der ihm Klavierunterricht gegeben habe. Der Pfarrer schaute ihn mit großen Augen an. Er schien wohl nicht so recht zu verstehen, was der kleine Junge da sagte. Kurzerhand nahm er Kenny mit in sein Büro. Als der traurige Junge jedoch von dem kleinen Nebenraum hinter der Kirche berichtete, staunte der Pfarrer. Er wusste nichts von solch einem Raum. Neugierig bat er Kenny, ihm den kleinen Raum zu zeigen. Doch als die beiden hinter der Kirche den einzigen Nebenraum betraten, stand dort weder ein Klavier, noch waren dort Stühle aufgestellt. Vielmehr lagerten da unzählige alte Gegenstände, Leuchter und Gemälde. Kenny war total verwirrt. Er wusste nicht, was er dazu sagen sollte. Dieser Raum war nichts weiter als eine dunkle Abstellkammer. Ihm blieb schlichtweg die Stimme weg. Der Pfarrer sortierte die Gemälde hin und her, da rief Kenny plötzlich aus vollem Halse: „Halt!" Der Pfarrer erschrak. „Was hast Du denn? Ist es Dir nicht gut?" Doch Kenny, der soeben seine Stimme wiedergefunden hatte, schien wieder recht fröhlich zu sein. „Dort, dort ist er", rief er dem Pfarrer entgegen. Der Pfarrer wusste nicht, was Kenny meinte und schaute auf die Gemälde. Er fragte den kleinen Jungen noch einmal nach dem Grund seiner plötzlichen Gefühlsregung. „Na, der alte Mann dort auf dem Bild, der hat mir Unterricht gegeben!"

Bei diesen Worten deutete Kenny auf ein Gemälde, welches einen älteren Mann im schwarzen Mantel zeigte. „Das kann nicht sein", antwortete der Pfarrer, „das ist ein sehr altes Gemälde. Es zeigt den lange verstorbenen, großen Sänger Enrico Caruso."

Nachtspaziergang

Nachts kann ich oft schlecht schlafen. Dann denke ich über die unterschiedlichsten Dinge nach. Auch in der letzten Mitsommernacht war das wieder so. Gegen 1 Uhr nachts wurde ich wach. Und so sehr ich es auch versuchte, ich konnte einfach nicht mehr einschlafen. Ich war unruhig und durcheinander. Es war viel schlimmer als sonst, so nervös war ich noch nie. Genervt stand ich auf und bereitete mir einen Kaffee. Langsam wurde ich etwas ruhiger. Doch an ein Einschlafen war beim besten Willen nicht mehr zu denken. So tat ich das, was ich in warmen Nachten meistens tat, ich nahm meine Schlüssel und ging hinaus. Draußen empfing mich ein wohltuender frischer Wind. Er fächelte angenehm um meinen Kopf und ich hatte plötzlich große Lust, in den nahe gelegenen Wald zu gehen. Das Laufen tat mir gut und ich genoss diese klare ruhige Nacht. Da der Vollmond durch das Geäst der Bäume blinzelte, konnte ich den Weg vor mir recht gut erkennen. Ich lief bis zu einem kleinen See. Dort war ich sehr oft, wenn ich nachdenken wollte. Man konnte dort ungestört im Gras sitzen und dem leisen Plätschern des Wassers lauschen. Genüsslich ließ ich mich im Gras nieder und schaute in den Vollmond hinein. Und viele Fragen gingen mir durch den Kopf. Werden meine Vorhaben, die mir die letzte Zeit einiges Kopfzerbrechen bereiteten, gelingen? Außerdem hatte ich großen Ärger mit Meier, meinem Vermieter. Er erhöhte die Miete, wie er wohl gerade Lust verspürte und wurde dadurch reich und reicher. Ich hasste ihn wie die Pest. Doch ich konnte nichts gegen ihn tun. Oft saß ich hier am See und wünschte diesen Kerl ins ferne Pfefferland. Doch, wenn er dann wieder zynisch grinsend vor mir stand und die nächste Mieterhöhung in den Händen hielt, regten sich in mir tausend Flüche, und jetzt? Jetzt saß ich mal wieder ratlos im frischen grünen Gras und schaute auf den See hinaus, auf dem sich gespenstisch das Mondlicht widerspiegelte. Da mir in dieser Nacht keine gute Idee in den Sinn kam, stand ich wieder auf und wollte mir noch einmal die Hände im See waschen. Stöhnend tauchte ich die Hände in das kühle Wasser und sah, wie sich mein Spiegelbild im düsteren Wasser widerspiegelte. Aber was war das? Das konnte doch unmöglich mein Gesicht sein! Erschrocken schaute ich hinter mich, doch da war keiner. Im See spiegelte sich das Antlitz eines Monsters, ein knochiges bösartiges Gesicht mit zwei Hörnern auf der Stirn. Entsetzt fiel ich nach hinten, in den lauwarmen Ufersand. Und jetzt spürte ich es sogar, ein unfassbar starkes Gefühl, welches vom Herzen auszugehen schien. Ein unbeschreiblicher Hass auf alles, was sich mir in den Weg zu stellen vermochte, flammte in mir auf. Ich wurde größer, die Kleidung riss, ich wuchs regelrecht aus mir selbst heraus. So stark und mächtig hatte ich mich nie gefühlt. Ich schaute auf meine Hände. Sie waren riesengroß wie die Pranken eines Bärs. Und mein

Leib schien aufgebläht wie der eines Drachens. Ich starrte in den Vollmond, und das Grün meiner schmalen Augen schoss wie ein Pfeil dem schwarzen Himmelzelt entgegen. Mein Herz schlug derartig heftig gegen die Brust, dass ich glaubte, es springt mir jede Sekunde aus der Brust. Und als ob das noch nicht genügte, stieß ich plötzlich und ohnedas ich es wollte einen lauten Schrei heraus. Er hörte sich an wie das Brüllen eines urzeitlichen Fabelwesens. Doch bei all dem schaurigen Gebaren verlor ich sämtliche Ängste, die vordem noch in mir arbeiteten. So frei und übermächtig fühlte ich mich in meinem bisherigen Leben nicht. Ich sprang auf und stampfte durch den Wald zurück zur Siedlung. Unter mir zertrat ich Gestrüpp und kleines Baumwerk. Vor Meiers Haus blieb ich stehen. Erneut entwich ein lauter Schrei aus meiner Kehle. Hinter der Haustür wurde es hell. Die Tür öffnete sich einen winzigen Spalt und Meiers Kopf schaute einen Augenblick schlaftrunken um die Ecke. Als er mich erblickte, schien er starr vor Schreck. Gerade wollte er die Tür zuwerfen, da griff ich mit meinen Pranken dazwischen und drückte die Tür ein. Entsetzt wollte Meier wegrennen, doch ich packte ihn am Kragen und zog ihn aus dem Haus. Ich schleifte ihn durch den Wald bis hin zum See. Dort ließ ich ihn wieder los und baute mich bedrohlich vor ihm auf. Er plumpste in den Sand und wimmerte, dass ich ihn freilassen solle. Vollkommen verängstigt schwor er, dass er alles tun würde, was ich von ihm verlangte. Ich lachte laut und schrie ihn an, dass er mich ab sofort mietfrei wohnen lassen solle. Andernfalls würde ich ihm keine Ruhe mehr lassen. Meier versprach alles, was ich von ihm wollte. Dann brüllte ich noch einmal furcht-einflößend laut und jagte den falschen Kerl da-von. Grollend setzte ich mich zurück auf die Wiese und schlief völlig erschöpft ein.

Ein dumpfer Knall riss mich aus dem Schlaf und ich öffnete die Augen. Blitze zuckten und es be-gann zu regnen. Hastig sprang ich auf und be-trachtete mich von oben bis unten. Aber ich konnte nichts Auffälliges feststellen, keine Pran-kenhände und auch keinen Drachenleib, ich sah ganz normal aus. Ein wenig ängstlich tastete ich mir übers Gesicht. Doch auch das war so wie immer, ebenmäßig und vollkommen normal. Erleichtert strich ich mir die Kleidung zurecht. Da das Unwetter immer heftiger wurde, lief ich schnellstens zurück nach Hause. Als ich mich ein wenig gewaschen hatte, ging ich zurück ins Bett und schlief glücklicherweise schnell ein. Am nächsten Morgen nahm ich mir vor, Meier auf-zusuchen, um mit ihm über seine letzte Mieter-höhung zu sprechen. Ich fühlte mich gut und war in der rechten Stimmung für dieses Ge-spräch. Als ich zu seinem Hause kam, wunderte ich mich sehr. Dort standen mehrere Polizeiwa-gen. Die Beamten ließen mich nicht durch und ich erkundigte mich aufgeregt, was passiert sei. Einer der Beamten meinte nur, dass ihn seine Frau heute Morgen tot hinter der Haustür gefunden habe. Er musste sich über irgendetwas sehr aufgeregt haben. Vermutlich hatte sein schwaches Herz nicht mehr mitgespielt.

Tage später las ich einen kleinen Artikel in der Regionalzeitung, in welcher Meiers Ehefrau von einem riesigen Werwolf sprach, welcher in der Todesnacht angeblich vor dem Haus gestanden haben soll.

Sue

Dutzende Male wurde Sue, die vor drei Jahren beschlossen hatte, nach Deutschland zu gehen, an der türkischen Grenze zurückgeschickt. Nett waren die Leute dort nicht, sie fühlte sich wie Aussatz, wie der letzte Dreck! Doch sie wollte ihren Traum verwirklichen. Ihre Heimat, Aleppo, lag in Schutt und Asche. Eine Apokalypse zu Beginn des 21. Jahrhunderts, einem Jahrhundert, wo sich Menschen anschickten, auf den Mars zu fliegen und Computer erfanden, die über sich selbst nachzudenken vermochten. Doch das war auf der anderen Seite der Welt, dort, wo die Menschen mit schönen und sauberen Sachen durch breite, aufgeräumte Straßen stolzierten und mit teuren Wagen durch die fein gekämmte City rauschten. Dort, wo es ausreichend zu essen und zu trinken gab, dort musste das Leben schön und angenehm sein. Keine Angst mehr zu haben, irgendwann nachts von Vergewaltigern oder Soldaten aus der Wellblechhütte gejagt zu werden, das hatte sich Sue immer erträumt. Doch *ihre* Welt sah anders aus. Das Krachen von Geschützen, das Knallen und Knistern von zusammenfallenden Häusern, das Schreien sterbender Menschen und das hilflose Weinen von hungernden Kindern, die im Kriegsgewirr hoffnungslos verloren schienen, all das ging ihr nicht mehr aus dem Sinn.

Irgendwann fand sie sich wieder in einem dreckigen, stinkenden Camp an der türkischen

Grenze. An einem Ort, wo kein Mensch gern sein wollte – oder sollte. Dort, wo alle Menschlichkeit vergessen war und nur Anarchie und Stärke zählten, von dort wollte sie weg. Doch immer wieder brachte man sie dorthin, wenn sie mal wieder aus der Ruinenstadt Aleppo geflohen war. Immer hatte sie diese diffuse Angst, eine schwere Krankheit zu erleiden, die sie dann irgendwo am Rand der Welt sinnlos krepieren ließ. Bisher hatte sie durchgehalten und die Erinnerung an ihre im Krieg gestorbenen Eltern, das zusammengebombte Haus und die Panik, alles ewig erleben zu müssen, wog schwer, sehr schwer. Längst hatte sie ihr Geld, welches sie sich im letzten Flüchtlingscamp nachts beim Sex mit schmierigen und aggressiven Männern „verdient" hatte, aufgebraucht. Doch diesmal wollte sie es schaffen! Als man sie aber erneut an der Weiterfahrt hinderte, den LKW mit den anderen 60 Flüchtlingen, von denen sie nicht wusste, woher sie alle kamen, stoppte und konfiszierte, glaubte sie, es ginge nicht mehr weiter. Alles schien zu Ende und sie brach weinend und zitternd zusammen.

Lange lag sie so hilflos im Dreck und es kümmerte sich keiner um sie. Irgendwann packte sie eine starke Faust und schleifte sie in einen Container, der am Rande des vollkommen überlaufenen Lagers stand. Es roch nach Abfällen und Kot und Sue wusste nicht, ob sie diesmal sterben müsste oder nicht.

Die Faust warf sie in einen engen kühlen Raum. Dort lag sie dann und schlief erst einmal. Als sich die Tür wieder öffnete stand da ein junger Mann. Irgendwie schien es ihr, als wenn um seinen Kopf etwas leuchtete – es sah aus wie ein funkelnder Ring aus winzigen Sternen. Aber sie wusste auch, dass sie geschwächt war und am Ende aller ihrer Kräfte. Innerlich hatte sie es aufgegeben, weiter an die Zukunft oder gar Deutschland zu denken, dem Land, in dem Milch und Honig flossen, wie sie glaubte.

Der junge Mann setzte sich neben sie und nahm behutsam ihre kleine Hand. Sie spürte Wärme, endlose Wärme. Und plötzlich war alles gar nicht mehr so schlimm. Und obwohl der Fremde noch kein einziges Wort gesprochen hatte, fühlte sie sich sicher und geborgen, so, wie sie es bisher noch nie gefühlt hatte. Sie wollte etwas sagen, wollte den Fremden fragen, wer er war und wieso er bei ihr war. Doch sie konnte es nicht, fühlte sich noch immer zu schwach, um den Mund zu bewegen, um zu sprechen. Der Fremde schien das zu spüren, und sagte dann mit leiser Stimme: „Sag nichts, ruhe dich aus, du brauchst bald sehr viel Kraft. Wir werden dann aufbrechen, wenn es dir etwas bessergeht."

Sue betrachtete sich das Gesicht des Fremden – er trug einen Bart und sein dunkles Haar rahmte sein liebevolles gutherziges Gesicht ein, als ob es ein Schutz sei.

Ob er es wohl ehrlich meinte – sie glaubte kaum noch daran, aber sie wollte daran glauben, sie wollte immer an das Gute glauben, sie wollte es!

Sie war noch recht schwach und merkte schließlich gar nicht, wie sie wieder einschlief.

Wie viel Zeit vergangen war, wusste sie nicht. Als sie ihre Augen öffnete, saß der Fremde noch immer neben ihr. Auch er schien wohl geschlafen zu haben, denn als sie zu ihm schaute, öffnete er seine Augen.

Sonderbarerweise und als ob er einem fremden Befehl gehorchte, flüsterte er dann: „Wir müssen jetzt aufbrechen. Hinter dem Container wartet ein Fahrzeug. Es wird uns in die Türkei bringen. Komm, wie müssen los." Vorsichtig half er ihr auf und sie fühlte sich sonderbarerweise ziemlich ausgeschlafen und stark. Auch in ihr drin schien sich etwas verändert zu haben. Sie fühlte sich gut und gar nicht mehr so verloren wie eben noch.

Der Fremde hatte ihre Hand bislang nicht losgelassen, er zog sie vorsichtig aber energisch hinter sich her. Es war so, als wenn er selbst besorgt sei, dass noch irgendetwas schiefgehen könnte.

Hinter dem Container stand ein schwarzer verbeulter PKW. An Steuer saß ein älterer Mann und Sue meinte, dass es vielleicht der Vater des Fremden sei. Doch fragen wollte sie nicht danach, denn sie wollte auf keinen Fall, dass noch irgendetwas Schlimmes geschah.

Schnell setzten sich die beiden auf die hinteren Sitze, dann ging es auch schon los. Mit ausgeschalteten Scheinwerfern glitt das Auto beinahe geräuschlos durch die Nacht. Doch was war das? Irgendwie schien der sonst so buckelige Weg gar keine Buckel und Löcher mehr zu haben, denn die Fahrt war ruhig und es gab kaum Erschütterungen – das war schon sehr sonderbar. Ewig dauerte die Reise und Sue wusste nicht, ob sie bereits in der Türkei waren oder noch irgendwo im syrischen Grenzgebiet. Aber dann schien es geschafft. Doch nein, augenblicklich krachte und knallte es ohrenbetäubend. Sue kannte das nur zu gut – auch im Krieg in Aleppo hatte sie dies Geballer gehört – es war das Feuer von Granaten und Geschützen! Man hatte sie wohl entdeckt und schien auf sie zu schießen. Sue zitterte am ganzen Leib, doch da ergriff der Fremde ihre Hand und hielt sie ganz fest. „Keine Angst, sie sehen uns nicht und können uns nichts tun." Die Worte des Fremden schienen ihr so vertraut, so, als ob sie ihn schon ewig kannte. Doch sie kannte ihn ja nicht und sie wurde wieder ruhig.

Noch lange hielt das Krachen der Kanonen und die Schüsse aus unzähligen Maschinenpistolen an. Und es war ganz seltsam, je mehr draußen geschossen wurde, umso sicherer schien sich der Fremde zu fühlen. Er schien ganz genau zu wissen, dass die Schüsse keine Gefahr darstellten. Auch Sue wurde wieder etwas ruhiger und irgendwann war der grausame Spuk vorbei.

Leicht glitt das Fahrzeug durch die kaputte Landschaft und nichts schien sie aufzuhalten. Auch schien sie niemand mehr zu entdecken. Sie waren unterwegs und Sue war es, als wenn schon bald ein neues Leben für sie beginnen würde. Ja, sie wusste es, ganz genau sogar.

Sie hatte sich sehr gefürchtet und sich eng an den Fremden angekuschelt. Das erste Mal in ihrem Leben spürte sie Geborgenheit und Sicherheit und wollte nie mehr von dem Fremden fortgehen.

Sie musste wohl eingeschlafen sein, denn als sie erwachte, war es hell und sie saß in einem Sessel. Er war sehr bequem, doch von dem Fremden fehlte jede Spur. Wie war sie nur hierhergekommen – sie konnte es einfach nicht sagen. Langsam kehrten die Erinnerungen zurück: die Abreise, die Schüsse, die Fahrt und der Fremde. Ja, wo blieb er eigentlich? Und wo war sie überhaupt? Vorsichtig und noch ein wenig ängstlich schaute sie sich um.

Der Sessel stand in einem leeren Raum. Plötzlich aber wurde die Tür geöffnet. Eine resolute ältere Dame in modischen Kleidern stand vor ihr und sprach auf Englisch: „Da sind Sie ja endlich. Sie wurden mir schon angekündigt. Dies hier ist ihre neue Wohnung. Es ist alles bezahlt – die Wohnung gehört ihnen. Der Prinz lässt Ihnen ausrichten, dass er wieder heimgefahren ist. Sie sollen es sich bequem machen – und – der Kühlschrank in der Küche ist auch voll. Dann noch was: auf dem Fensterbrett liegt Ihre Bankkarte und sie brauchen sich auch keine Sorgen mehr zu machen – es ist alles geklärt, auch die Sache mit dem Amt."

Sue wusste nicht, was sie sagen sollte. Welcher Prinz und wieso war alles schon geklärt?

„Wo bin ich", stieß sie stotternd hervor. „Na in Deutschland, in München, wussten Sie das nicht? Na egal, viel Glück in der neuen Wohnung!" Die Dame verschwand und Sue erhob sich aus ihrem Sessel. Das Wunder, von dem sie stets geträumt hatte, von dem sie immer wusste, dass es niemals eintraf, war wohl wahr geworden.

Später teilte man ihr mit, dass der Prinz noch vielmehr für sie getan hatte. Er hatte ihr ein Konto eingerichtet, worauf hunderttausend Euro lagen. Das war für ihren Neubeginn. Sie lernte Deutsch und studierte Jura. Und sie wurde eine erfolgreiche Rechtsanwältin. Eines Tages lernte sie einen Mann kennen, der sie sehr liebte – es war ein Prinz aus dem Nahen Osten. Und manchmal, wenn es Nacht war, glaubte sie, um seinen Kopf einen leuchtenden Schein aus unzähligen funkelnden Sternchen sehen zu können.